大正浪漫·女性书写

木乃伊的口红

木乃伊の口紅

Toshiko Tamura

[日] 田村俊子 = 著

张玉 = 译

外语教学与研究出版社
北京

目 录

女作家

女作家绞尽了本就不多的脑汁，脑子里只剩下满满的渣滓，再怎么冥思苦想，也想不出一句半句有血有肉的内容了。这是将近年底才接的稿子，她毫无头绪地做了各种尝试，还是无从下笔，只能每天坐在桌前，往稿纸格子里涂鸦，画大麻叶花纹或竖框框。

　　在二楼四张半榻榻米[1]大的房间里，女作家把火盆放在旁边，端坐在那里。窗外有些日子吹着刺骨的寒风，有些日子又阴沉得让人昏昏欲睡，晦暗的阳光没什么张力，好像轻轻一拂便会散去一般，柔弱地从拉开的障子门照入房间里面。在那样的日子里，晴朗的天空像掺进了另一种颜色，发出某

1　一张榻榻米的传统大小约为 1.6 平方米。

种不透明的不可见底的光，静静地、柔和地舒展着。天空像在笑话森林里的大树狼狈，在冬天的威严下，只能光秃秃地畏缩在那里。她静静地看着天空，天空也在她的脸上投下明朗的笑影。她总觉得这时候天空的模样看上去就像心上人的微笑，温柔豁达的男孩子睫毛上的微笑，那睫毛上不曾闪过嘲讽的影子，睫毛下是一双骨碌碌转动的伶俐眼睛。

女作家的心情像被什么让她怀念的事物吸引去了，她睁大眼睛，让自己的整颗心都停留在那微笑的嘴角，她的心微微颤动，充满了那种面对心上人时才有的感觉。那种感觉就像粉刷扫在皮肤上，也像白底衫外的青瓷色和服袖口一点点流淌出的清爽优雅而又古典的味道，教人喜欢。女作家尽可能把这种感觉当作三心二意的玩具，她一会儿紧紧闭上眼睛，把心上人的影子放到瞳孔深处去看，一会儿又把他放到手掌上展开去看，一会儿又握紧去看，然后又让那影子立在今天的天空中，从这一头尽情观望。这些事情让她更懒得一个字一个字地填满稿纸格子了。

她总是化着妆。虽已年近三十，却化着很浓的妆。没人的时候，她会化上登台表演一般的妆容，独自欣赏。身体稍有不适，她便会特意化好妆卧床休息，她对化妆就是这么执着。不化妆的时候，她觉得身上就像披着暴露无遗的丑陋皮囊，会一直惦记，无法放松下来让自己的心去尽情依赖血肉的温暖，这让她痛苦不堪；而且不化妆的时候，她的情绪会变得很脆弱，眼神和心情都流露出乖戾和厌恶，好像一会儿在说"哼"，一会儿又忍不住"呵"地自嘲，没了风情，变得别别扭扭。这对她来说比什么都要可怕，所以她总是用脂粉来隐藏自己的素颜。脸颊和鼻翼的脂粉溶于油脂，每次被什么碰到，都会散发出幽幽的香味，她自己的情绪也染满了这脂粉香味，变得轻佻，心也陶醉于自身的风情。

必须要写的东西怎么也写不出来，即便是在这样焦躁的日子里，女作家还是会化妆。这也是因为她已经养成了习惯，坐在梳妆台前溶开脂粉的时候，一定会想出什么有意思的事情。脂粉溶于水，碰到指尖时一阵冰凉，她就能感到内心漾起了某种涟漪。在往脸上抹脂粉的时候，想法就一点点组织好了——常常是这样。她写的东西大抵都诞生自脂粉之中，因此总带着些脂粉气。

然而近来，女作家不管怎么化妆也什么都写不出来。就像涂上脸的粉底因皮肤太干而一块一块裂开了一样，那种温热血液在身体里翻涌的感觉已经很久没有了。她只是非常懊恼，眼睛因充血发肿而显得小了，脸颊也像用糖做出的貉子一样肿了起来，已经看不出她原来的模样。只是为了没有东西可写，写不出东西而心情郁闷，烦得快喘不过气，从耳朵到脖子四周像有很多只柔软的手在挠，而这些手还像蜘蛛的爪子一样细长。今天早上，她终于在丈夫面前哭了出来。

"我怎么都写不出一页纸来，从来没这么烦过，我要逃去某个地方，之后别人要是问起，怎么对你有利，你就怎么说吧。"

丈夫在火盆前抽烟，一时之间没有回答，不一会儿他说："我不管。"这怎么看都像小孩似的在装傻。在女作家眼里，丈夫仿佛怀了一副报复她的小心思，傲视着她，那样子就像在对她说"你平时不总说'我自己的事情自己做，不给别人添麻烦'嘛，现在那口气哪儿去了？"。她听了之后，突然感觉自己脸上的肉好像不见了，只剩下裸露的骨头，然后她毅然决然地直视着丈夫："你说什么？"

"我说了我不管。怎么了，今年你写了什么？今年一年你写了几百页纸了吗，就说自己已经没东西可写了？你到底还是不行。要让我来，今天一天我就能写出四五十页给你看。什么不能写啊，到处都是可写的东西。只要写生活的一角不就得了，例如邻居家兄弟吵架，弟弟霸占了家不让哥哥进家门，不马上就写出来了吗？女人不行啊。写十张二十张的东西要擦掉几百张，而且为了这点小事要花上十天半个月。你真是个了不起的女人。"

男人突然疯了一般连珠炮似的说着，就像有时穿着廉价木屐在踏脚石上跑一样。女作家眼睛睁得浑圆，眉梢也随之逐渐挑了起来，可她非但没哭，反而扑哧地笑出声来。

"是吗，原来如此。就你这样原来还是写东西的人呢，真是失敬了。"

女作家将手笼在袖子里，小步跑进了房间。涌出的眼泪挂在眼角，冰冰凉凉的。她从穿衣镜前跑过，看到镜子里自己一晃而过的身影，模模糊糊的，像是在打羽毛毽[1]。她来到镜子面前，特意掀动衣摆看着，仿佛想欣赏自己衣角纷乱的颜色，忽然之间她起了执意要欺负丈夫的心思，自己身体内某部分好像猛地收缩了一下，开始焦急。女作家朝向丈夫，突然扯着嘴角，对他露出牙龈，用指节敲他的头。

丈夫拉下脸来。

女作家又说："看看你这副嘴脸，简直像副般若面具[2]。"丈夫听了依旧沉默。她用自己的膝盖去顶丈夫的背，半跪在那里的丈夫身子倾向火盆，立刻又坐起来，在小小的长火盆前烤着双手，沉默不语。

"喂，喂，喂。"女作家低声叫道，这次她抓着丈夫的领子，把他向后拽倒。

"你把衣服脱了，把衣服脱了。"她边说边要将丈夫的和服外褂剥下来。她又把手伸进男人的嘴唇中间，像要撕裂

---

1 日本新年时玩的游戏，两人或数人互相用木板拍打一个羽毛毽子，使其不落在地上。
2 日本能剧中有假面（能面）名叫般若。般若是日本传说中的一种怨灵类鬼怪。

他的嘴唇一样拉他。口中湿润的温热传到指尖的时候，她的脑海里闪现了曾经的某个瞬间——自己整个身体都融化在了丈夫的小指指尖。想到这里，她突然用要把东西拧碎的劲儿拧起丈夫的脸颊。

丈夫已经习惯了女人偶发的病态，一副"又来了"的样子，坚忍地沉默着，心里却在想，"这什么悍妇啊"，然后抿起嘴，对她置之不理。

女作家又用手指戳了戳他的头，然后上了二楼。火盆里的火光像熔化的红宝石，淡淡地笼罩着整个房间，火焰各处像裂开的石榴一样，间隙间不断冒出热气。她坐到绘有梅花的涂漆矮桌前，感觉全身的血液似乎都被抽干了，身体一下子瘫了下去，心里非常难过，眼泪也落了下来。

"真是教人没办法的女人。"她哭泣的心重复着这句话。

女作家想，在她所有的女性朋友中，没谁像自己这样一无是处。尤其是两三天前，一位朋友一反常态，煞有介事地跑来跟她说自己不久就要"分居结婚"了。这位女朋友终于和她情投意合的男人走到了结婚这一步，但好像是"不同居结婚"，说是要一辈子分开居住，过恋爱生活。

"即便结婚了，我还是我。恋爱不是为别人，而是为自己，这是我自己的恋爱。"那个女人露着虎牙对女作家说道。

女作家听完她的话后沉默了一会儿。

"你是那种哪怕嘴上说着痛苦之类的话，也还能妥协的人，即使心里痛苦，至少表面上能妥协；而我无论什么情况下都不能放弃自我，自我就是自我。我和他现在这样，可以想见就见，不想见就不见。"

"但是你每天都会不停想那个要嫁的人吧，忍不住不想吧。"女作家湿了眼眶问道。女人只简单"嗯"了一声，然后翘起小指剥着橘子皮。

"没有像我这样没有自我的女人了。让我往东我往东，让我往西我往西，我真是一点主心骨都没有。"

"也不是这样吧，你现在是产生了某种抵触情绪才说出这些话的吧。"女人说着往嘴里送了一瓣橘子。"我要照自己的想法去活。自己才称得上是自己的人生美学。照自己的人生美学去活也就是照自己的想法去活。"

"我痛苦得几乎想自杀。不知道要靠什么活下去。感觉必须拼命抓住什么，但却不知道要抓住什么，怎么抓。我也想过宗教，而且觉得这样的话不如干脆信教。"

"我也考虑了很久，最终觉得只能照自己的想法去活。我要照自己的想法去活。"女人说完就披上心爱男人的黑色斗篷回去了。

一个人生活，这也是女作家老早就在考虑的事情了。想要单身，回到单身，这种想法一直在她心间激荡；然而她却无法回到单身，回到一个人的生活，她到底还是做不到的。

"要是这样的话，为什么要结婚呢？"那时候也有女性朋友这样问女作家。

"他是我的初恋。"

"那就没办法了。"

女作家觉得言犹未尽，但也只好一笑了之。

初恋——那是女作家十九岁时的事了。与其说是初恋，倒不如说是女作家的调情迷住了一个年轻男孩；那时候内心因着那个年轻男孩而绽放的花瓣，至今依然爱怜地守护着她内心角落里的影子。女作家现在对丈夫的温情，便源自那个影子中渗出的一滴露水。这滴露水在女作家生命结束前都会不断重复渗出，哪怕一个人，哪怕和他分开，这一滴润泽都会成为她对丈夫的回忆，而这一定又会再次让她逐渐被丈夫吸引过去。

女作家没有把这些话告诉女朋友。女朋友想建立绝对的精神上的夫妻关系，女作家想把她这种想法叫作纯情，却无法对此释怀。女作家不知道女朋友的恋人是怎样的人，只风闻是个新艺术家。女作家心想，如果过了一年她来到我面前会说些什么呢。可能她会更加理所当然地解释照自己的想法去活这件事，展现出更强的自我，自己应该会被她那种样子震慑到。想到这里，女作家的心变得脆弱且窝囊……

等女作家回过神来的时候，眼睛只是直直盯着什么都没写的稿纸。得写点什么，写点什么吧……

"你不行的。"她心里突然响起丈夫刚才说的话。当时自己为什么会笑呢？不管男人的说法多荒谬，自己要是反驳他点什么就好了，她的内心渐渐涌起一股反抗的欲望。

"女人不行又怎么样？"女作家又想这样去反驳他。她想做点什么来把自己的情绪捋顺，随便什么都行，她甚至想要让那个男人更愤怒。

不论用怎样细腻的方式去滋润那个男人，他的心都像石头一样，马上就把润泽吸收进去，然后只见干燥光滑的表面。

要是说"我要和你分手"，男人肯定会说"哦"。

如果说"我还是喜欢你"，他便会回"是吗"，就是这样的男人。他对从自己眼前过去的一切也好，深入内心的每份感情也罢，哪怕所有的东西从他身上溜走，他都这么无所谓；因为这个男人身体里进了锯末，吸收消化新鲜事物的血脉被阻断了。女作家想到这些，觉得下楼去对着他也没意思。

现在是初冬，今天下着阵雨。这会儿雨已经停了，只能听到雨水滴滴答答落下的声音。风戏弄人一般，把拉门的纸缝吹得啪嗒啪嗒响。女作家突然想起曾和人约了下雨天去玩，可这想法没有引起她丝毫的兴趣，便很快自动消失了。自己喜欢的女演员在舞台上做着凉拌萝卜，那双手冻得通红，看着就冷。女作家想握紧她那双手，用嘴唇的温度去温暖它们……

炮烙之刑

一

　　室内依旧门窗紧闭，而外面的光线透过门窗的缝隙漏到拉门的纸上，感觉已经快要接近中午。家里的女佣们早就起床干活了，但却没有一点动静和说话声。主人一晚上凶狠的争吵声让女人们吓破了胆，不敢出气，她们心里一直困惑，但也只能埋头默不作声。家里光线晦暗，到处都笼罩着阴沉的空气，像在预示着今天一天会发生什么可怕的不祥之事。外面狂风悲号。

　　龙子迷迷糊糊地睡着了，有时又突然惊醒。每次惊醒她都心悸得厉害，耳朵紧贴在枕头上，血液从心脏涌上大脑的声音震得耳膜快要裂开似的。

有时候她会突然看到漆黑的阴影从头顶罩下来。一闭上眼睛阴影就不见了，一睁开眼睛，那阴影又笼罩下来。就这样，龙子完全清醒地睁着眼睛时，阴影就更加深重地罩到她的脸上。那阴影是男人凑过来的脸，为了窥视自己。龙子叫着爬起身，却不见人影。微暗的房间在阴影的笼罩下很安静，四周的拉门和隔扇门紧紧关着。

刚刚龙子也像被什么撞了似的惊醒了。房间依然在阴影笼罩下静悄悄的，里面什么都没有，但就在这时，她觉察到隔壁房间有轻微的声响，是笔在纸上写东西的声音。笔尖划过纸面的动静回荡在龙子的耳朵里，像是男人杀人之后的呼吸声，交织着绝望、残忍和悔恨，疯狂粗犷，毫不停息。

"庆次在写东西，他在写什么呢？"

龙子抬起头看了看四周。写字声听上去更近了。那是庆次在写东西的声音——龙子再次有了这种强烈的感觉，然后她忽然想到庆次在仅一门之隔的房间里写东西的样子，这时刚才男人那勃然大怒的可怕模样立刻浮现在她脑海里，她的心怦怦跳着。心跳的鼓动顺着她伸直的半边身体，从大腿的肌肉一直传到冰凉的膝盖上。

龙子能够想象庆次在写什么，像他自己说的，他一定在写杀了女人之后要留下的东西。

龙子觉得不能就这样下去，必须从这个要杀死自己的男人手中逃走。必须逃走，我要逃走，从他手里逃走。一定可以全身而退，从他手里逃走。那个男人说决不会原谅女人，决不会原谅女人的罪恶。因为自己曾经的某个行为，不得不面对那个男人可怕而残忍的报复。因为自己所做的事，给自己带来了生的毁灭！因为自己所做的事。

龙子快要睡着的时候，两人刚刚结束的激烈争吵像梦一样在她脑海里再度展开。女人做的羞耻之事暴露了，整整一夜，男人对她进行了惩罚式的侮辱——骂女人是畜生，像对畜生一样踢女人，毒打女人。

"我做了什么？做了什么事？"

爱那个青年也好，爱庆次也好，难道不是我的自由吗？我绝对没有做什么坏事。我曾深爱庆次，即便像庆次以为的那样，我做的事是可恨的罪恶，那罪恶中也有一个真相不是吗？不论在做什么时，我都比任何人要爱庆次，这是我唯一的真相。

"我爱你。"

这句话总是真实地存在于她自己的内心中，但是庆次却骂说那是淫妇的胡言。

"你觉得那样做没错吗？你觉得你干的是什么事？还有发生关系也是，你觉得那也没错吗？在我面前你真说得出口。多么厚颜无耻的女人啊。"

龙子反复想着那些话，气得发昏。她看着天，眼睛周围变得通红，像血进出来一般。对这个怎么恨都恨不够的男人越发憎恶。

"我没有错，我决不会道歉的。你要杀我就杀吧，杀了我吧。"

龙子气得浑身发抖，心里萌生了反抗，她这样骂着把自己的身体丢到愤怒的男人面前。

多可恨的男人啊。那个男人要杀了我。他说不管怎样都要杀了我。我做了什么？做了什么事？我为什么要受他的气，被他杀害？为什么只有我一个人要遭受这毒手，面对这惨绝人寰的处境？为什么那个男人——庆次，一起生活这么久的庆次，要做了杀了我这样可怕的事呢？对于他的盛怒，我一点办法都没有。

嫉妒和愤怒仿佛已经深入到他骨子里了，我对此一点办法也没有。我很害怕。我不知道那是多可怕的事情。我爱着他。我不撒谎，我真的爱着这个男人，可他为什么要对我做这么残忍的事情？因为那个原因，因为我爱过别的男人，是这个原因吗？

然而我决不会为了平息他的怒火就为自己所做的事情道歉。我讨厌那样。我做过的事情就是做过了，决不会觉得那有错。自己所做的事情没有错，这一点我要坚持到底，大不了就是一死。如果被杀害是我的宿命那也没有办法，我到死都要说那个男人的不是，当面说他的不是。就让他杀了我吧。

我爱那个男人。被杀是多么可怕的事情啊。连他要来抓我的时候，我都怕得抖成那样。为什么这个男人要杀我呢？为什么？我这么害怕，他为什么要杀我呢？我害怕，不想被杀。为什么庆次这个男人要杀我呢？我做了什么，做了什么事？我不想被杀。我爱这个男人。

庆次在说什么。他在看着我笑，他总是那样笑。他在说什么呢？那不是他生气时的表情，是他一贯的表情。啊，他总是那副表情。你不能摆生气的表情，绝对不能摆生气的表情。那表情不知有多可怕。那表情不知有多可怕……

龙子又被什么吓醒了。她的注意力瞬间转移到室内周遭的动静上，但是她什么声音都没听到。龙子想，自己刚刚听着写字声都在想什么。写字声呢？她竖起耳朵，但写字声也停了。龙子躺在那里屏住呼吸，一动不动地盯着那不安的阴影，像有什么要突然袭来，但是没有任何声响。心悸声从脑袋一直响到脚尖。就这样过了大约两分钟，房间入口处的踏板突然吱呀了一声。

庆次就站在那里——龙子不由得再次从棉衣被上爬起身，但接着那脚步声却轻轻地下楼去了。她用一只手抓着棉衣被的领子，探出身体，想听听庆次下楼后的动静，但之后楼下什么动静也没有。龙子冻得嘴唇直打战。

她觉得不能再睡下去了，就背过手去解和服上系着的带子。剥下棉衣被后，肩头袭来一阵肌肉的疼痛，龙子受不住浑身打战的难受感觉，停下手，就那样坐在床上愣了一会儿。她感觉头像是被敲碎了，血肉模糊，身体失去了知觉，脑袋很沉；肌肉像是一层一层肿起来似的，全身又疼又麻。她呆呆地看着红色的棉衣被，想着自己生活中突如其来的激烈动荡。

龙子听到外面刮着狂风。今天几号？她想了一会儿但不清楚是几号。

龙子是直接穿着和服睡的，和服被睡姿压得不成形，她站起来，解开带子，把和服重新穿好；然后她唤来女佣，让她把门打开。女佣打开门之后来到龙子身边，站在那里一脸担忧。

"庆次人呢？"龙子试探着小声问女佣。

"出门去什么地方了。"

这在龙子意料之外，她看着女佣的脸，本打算披上和服外褂的手松开了，不过她马上就猜到了庆次的去向。他应该是去找凶器去了，庆次那杀气腾腾的样子清晰地浮现在龙子脑海里。

"对了，趁他还没回来，我先从这个家逃走吧。"

龙子的样子像在倾听呼啸的狂风，她的眼睛发出充满力量的强光。这个下定决心的瞬间，她像突然摇晃着跌进了漆黑的深渊，一时间头晕目眩，意识忽然变得模糊，大脑失去了思辨的能力，但是很快一切又变得清晰，精神也清明了；而内心清明的同时，宏三的样子在她脑海中一闪而过。她的思绪又转移到宏三身上，并停留了很久。

"您哪儿痛吗？"

女佣麻利地拾起了袜子之类的东西，见龙子动作缓慢，便这样问道。龙子吩咐她热好水，把她差去楼下后，赶忙走到房间角落的桌前写了一封信。

情非得已，我只能匆忙辞别了。

一切都暴露了。我对你的私情让庆次非常愤怒。我惨遭了他的毒手，他还说要报复我，以及你。

我马上就要离开这个家了。离开之后，我打算直奔身在朝鲜的父亲那里。本想见你一面，好好说清楚再远行，如今我将不辞而别。今日一别，不知何时再见，我也不知道去了朝鲜之后会怎样。

请不要为我的突然离去悲伤，也不要恨我的不辞而别。我现在不想去想你，也不想见面。我

打算等安顿下来之后再给你写信，但也想就此告
别一切。这也许是我最后一次给你写信，请不要
为了任何事伤心，也请放下我。

龙子把信放入信封，写上收件人。宏三纤细温柔的指
尖忽然浮现在她眼前。她像回忆即将分别的人一般，在心里
描绘着那个男人的眼睛，那个身材小巧的年轻人美丽的眼睛，
那双眼睛习惯忧郁地看着光。男人眼睛的幻影把很多事推上
龙子的心头，她却故意避开，什么都不去想。

二

龙子急忙收拾了行李。她在赌气，为了无论庆次何时
突然出现在眼前，她都能和他对抗。她挑出一点东西放进小
包里，然后紧紧扣上包。梳妆台上的樱草花上残留着过去安
稳日子的怨恨，她准备丢弃之物的影子里闪动着冰冷破灭的
色调。

龙子出门的时候，想起刚刚绾头发的时候没有找到装
饰用的发夹，可能掉在哪里了，就打开隔壁房间的门看了一
下。大发夹掉在壁龛的柱子前，一同映入眼帘的还有桌上的
一个信封。龙子拾起发夹，别在发髻中间，注意不把发型弄

乱，一边看着信封上的字。收件人正是她自己。"野代龙子女士"几个字是庆次的手迹。龙子不解地打开了信封：

　　为什么你会做那种事？为什么要对我做那种事？我只能反复这样问。

　　我已经没有力气去生气了。我后悔因一时的怒气打了你。我为自己感到羞愧，竟对如此柔弱的你动粗。在这件事上，我希望你能原谅我。

　　你说自己犯下的不是罪恶，可能对你自身而言这种想法是正当的，可是我始终深信那件事做得大错特错。你做了可恨的事，你背叛了我对你的爱，犯了天地不容的大罪。我深信是这样。天快亮的时候，我知道你睡下了。我站在隔扇门外，听了很久你的呼吸声。你真是个可憎的女人，我想即便杀了你也难泄我心头之恨。你把那张碰了别的男人的嘴又伸到我面前，还一副若无其事的样子。你居然说那不是罪恶，还有比这更大的罪恶吗？

　　然而我却什么办法也没有。我破坏了恋爱这种独立而珍贵的东西，可能我也是罪人。我唯有沉默。我发誓说要给你可怕的制裁，但我却对你下不了手，我甚至后悔打了你。我拿你没有任何办法。我是卑劣的男人，我是愚蠢的男人；但是没办法，我拿你没办法。

你累了睡着了，但是我却睡不着。我想了很多，甚至想过原谅你，打心底原谅你。如果这样能使你高兴的话，我还想和你重新开始新的生活。让我们忘了过去，忘了那件事，你也忘了那个男人。我试着这样想过。

你否认自己的行为是罪恶，那么原谅你的罪可能对你来说反而是侮辱，你一定会这么说；但是我打算原谅你了，出于对你的不舍，我考虑原谅你了；但这也是我办不到的，我该如何安放这嫉妒？

我还是恨你，我到底还是忘不了这嫉妒。现在看着你的眼睛，你的嘴唇，既往不咎回到两人过去的生活于我而言是痛苦的。你的一切已经不属于我了。

我感到耻辱。你对着我坚持说自己的行为不是罪恶，你的那种大胆也让我为自己的卑劣感到耻辱。

但是我却拿你没有办法。

你说你爱我，可你的爱却不专一，而过去我对你应该从未三心二意。

我最终还是没能采取彻底的解决办法。我该怎么办才好呢？这样可怕的事情发生在我身上，难道我只能将其当作某种惩罚，就当这是上天赐予我的酷刑默默承受吗？

我只能看着你的身体气到发抖。这是何等的痛苦。

我又不能把你的身体揉碎，只能看着它。我受不了，我决定和你分开。就像你要求的那样，我决定和你分开。

我要离开东京，踏上旅途。从现在开始，踏上没有目的地的旅途，然后忘了你。

龙子静静地把信放到桌子上。刚刚的写字声原来就是因为这个，龙子心想。听上去狂暴不快让人身体发毛的写字声，变成嗖嗖轻拂缎子般温柔而让人怀念的声音回到她耳朵里。原来刚刚是在写这个，原来是在写这封信，龙子再次想。很快接着那写字声，传来吱呀的一声动静，那时踏板的声音非常响，像敲在她耳朵的鼓膜上一样。那脚步声是庆次离家而去、离我而去的最后登响，龙子心想。

龙子稍稍张开嘴，睁大眼睛。放在桌上的那只手连着胳膊肘都感到软绵绵的，没有力气。脸上展开了白茫茫的一片。那既不是天空的幻影，也不是原野的幻影，只是无边无际的大片白色在一点点展开来。龙子出神地看着那片白色的东西。她在离去的人后面追赶着，自己那焦急而没有方向的呼喊声在白色的东西中有了回音，可脑海中那片白色幻影却静静地沉了下去。

一时间悲伤漫上龙子心头。让她想大声喊叫的悲伤逐渐涌上的同时，她感到心脏像被皮革之类的东西勒紧般痛苦，胸口很干，嘴唇和眼睛也很干。嘴角到耳朵的肌肉像被什么拉扯着一般，让她哭不出来；脸颊到眼皮的肌肉纤维颤抖着，眼泪却出不来。龙子只顾用袖子捂住脸趴倒在桌子上。焦急的心情压抑着她，仿佛在揉她的身体，要这么揉着，将其揉碎一般。龙子用袖子紧紧捂着脸，趴在那里。

不过龙子马上又抬起头，然后慌忙站起来。对庆次深深的思念袭来了，她一门心思想着什么事情，脸变得通红，没有血色的眼睛里含着一道可怕的光，瞳孔浑浊。

龙子把信揣进怀里下了楼，她打算去追庆次。她在楼下碰到了女佣，向女佣打听了庆次出门的时间。女佣说庆次刚好是一个小时前出门的。

"他什么打扮？"

"和平时一样，穿着外套。"

"不知道庆次上哪儿去了。"龙子看着女佣的脸说道。偶然说出这句话之后，龙子才清晰地意识到庆次不知去向后她的无措。

"怎么办，他去哪儿了呢？已经过去了一个小时的话，应该不在附近了吧？"龙子像和女佣商量似的问道。她眼睛颤抖，里面满是惊慌失措。

"看他的样子好像会很快回来。"

"不，他不会回来了。他是说了不会回来之后才走的。"龙子这样说道，她站在那里思考着。女佣不明白怎么回事，默默地看着不安的女主人。

"去车站看看，在那里打听的话也许能知道他去哪儿了。"龙子又商量似的和女佣说道。庆次出门了大约一个小时，这是她获得的唯一的线索。她总觉得出门一定能遇到庆次。

再见庆次一面，有些话一定要跟他说，她着急地想。

龙子刚才还准备弃这个家而去，现在又吩咐女佣好好守着它，说即便她就这样暂时不回来也不要担心，然后留下一点钱，就出门了。

从龙子家到 E 车站有十五六町[1]。小山岗上刮起了风，

---

1 日本的长度单位，1町约为109米。

那风刮得像要连天空也一起卷起来似的。迎面而来的风像要把龙子的和服从下面整个翻起来。郊外孤零零的屋舍暴露在寒风中，显得灰蒙蒙的，大地发出空荡的声响。不安的天气从天边黑沉沉地压过来，冷而薄的日光透过这天气，在山丘上投下分叉的影子。

龙子的听觉神经灵敏地捕捉到了踏板发出的那声"吱呀"。她沿着围住山丘的黑色栅栏跑着，不时大口喘着气。

三

龙子进入小小的车站，站了一会儿，检票的男子从里面出来了。龙子看他面熟，微笑着往他身边走去。

这个车站只能坐郊外通往市区的电车。检票的男子尽管认得出这些住在附近的人，却叫不上他们的名字来。龙子自报了家门，打听约一个小时之前，她丈夫有没有来过这里，检票的男子说不知道。龙子描述了丈夫的样子，想让检票的男子对上他熟悉的乘客的脸，但他却怎么也想不起来。好一会儿，他说大概半个小时之前一个相似的人检票去了上野，但他回答得也不确定。

龙子依着这条线索，自己也买了去上野的票，去了电车的上车点。她戴着手套，手里攥着车票站在柱子后面。

寒风吹着龙子的脸庞，山丘上的树木也被吹得左右摇晃，仿佛要被连根拔起似的。

杂木林随风摇摆，树林黑色的影子散发着死亡气息，龙子抬头去看那黑影，陷入悲观厌世的情绪中。悲伤逐渐在事物的深处散开，泪水冲出了她的眼眶。

龙子走动起来，想掩饰情绪，把眼泪憋回去。她一会儿坐在后面的椅子上，一会儿站起来，一会儿走着；然后又站到柱子背后，想仔细思考一下自己现在的状况。

但是，一切很快就像漩涡一样让她的思想模糊了。她什么都不知道了，只有昏暗的悲伤不断地侵袭着她。她任由眼泪流淌，仰起脸，站在那里抬头看着杂木林。

大约过了十分钟，电车来了。上车的时候，龙子忽然觉得宏三好像在这辆电车里。尽管这里和宏三住的地方完全不沾边，龙子还是凭直觉感受到了这一点，她吓了一跳。她觉得这非常可怕，站在入口的腿直打哆嗦。恐惧感包围了她，让她觉得几乎没办法进车里，但她感觉入口旁的人向她投来了关注的目光，于是进里面去了。她在最边上坐下，用披巾半遮着脸，偷偷环视着车厢。

车里很空，她也没看到像宏三的男人。于是她放下心来，所有感官都随着电车开动的声响摇摆起来，她表面上恢复了平时的平静，精神却恍惚了。因为有车窗遮挡，她听不见外面的风声，所以觉得很好。车窗外景色飞驰而过，她透过窗子看着外面的林木，它们像没有受到风的洗礼一般。车里人沉默的姿态也静静地映入她眼里。

但是这也不过一会儿的工夫。出了上野站，龙子不知道如何确定庆次的去向，因着这份不安，她那静下来的心情又很快被打破了。不能毫无方向地到处找。为了弄清楚庆次的去向，她想给那些和他交好的人发电报看看；但是，这样搅扰别人的事她还是做不出来。庆次为什么离家出走了？如果别人这样探问可不好回答。她发现自己的行为不但被骂作是罪恶，令她更加意想不到的是，它还在使自身的交际圈不断缩小，意识到这一点让她觉得很烦。

二人的关系彻底破裂了不是吗？难道不是自己打破的吗？就像最初下定决心那样，自己要离开庆次，自己曾经做下的事明显影响着自己的境遇，这难道不是真的吗？我为什么又要推翻这种想法呢？今后庆次反而可能因此过上好日子。我没必要妨碍他。我就让庆次这样走掉不就好了吗？这样我也会逐渐进入自己一个人的生活。如果二人的关系可以这样结束也好。

"我在做什么。"龙子这样想着回过神来的一瞬间，她对庆次的思念像火一样燃烧了起来。那种思念否定了一切，只要见到庆次就好，她心里充满了这种孩子气的愿望。

她在心里描绘着自己茫然寻找庆次的样子，眼里不由得噙满泪水。如果命中注定从此再也见不到庆次，该如何是好？这样想着，她更加悲伤，一心念着寻死。

龙子觉得自己真的要死了，如果就这样再也见不到庆次，自己肯定活不下去。龙子无比寂寞伤心。踏板的吱呀一声留在她耳朵里挥之不去，她反复回忆着那声响，咬牙忍着悲伤的思绪。

一到上野站，她马上有了个新想法，进了大车站。这时正好有一趟火车要发车，人们熙熙攘攘地从候车室往检票口去。车站工作人员喊着"开往日光方向"的列车即将发车。

龙子突兀地站在柱子旁边，近处的吵闹声吸引了她的注意力，人群推推搡搡往检票口走去，她注意去看人群后方。一个"红帽子"[1]夹着行李撞到龙子的胳膊，然后从她旁边过去了。

龙子觉得庆次在那群人中，想走到旁边去找找看，她正要往前的时候，从旁边的候车室冷不丁出来个男子。男子的外套下露出一个手提袋，黑色木棉手提袋上有皮革花纹。龙子对这袋子有印象，她不由一惊，缩回自己的脚，躲到了柱子后面。那是庆次。

1　日本那个时期的行李搬运工，源自他们多戴红帽子。

心怦怦直跳，龙子一时血液上头，涨红了脸。瞬间，她感到眼前的一切都在粉碎散落。她一个人呆呆站了一会儿之后，觉得自己像暴露在空旷之中，又大胆地探出半个身体，再一次偷偷看了一眼刚才那里，庆次不在那里了。她举目搜寻，看到他正站在检票口附近的背影。

她追着庆次似的往前走了五六步，又停下脚步看着庆次的背影。庆次的身影很快混入人群中不见了。龙子的眼睛追着庆次而去，她也看到站台上的许多人纷纷跑了起来。

龙子后悔了：为什么刚才没能走近庆次身边？为什么畏缩了？自己也不知道，不过刹那间她又改变了主意，着急地买了去日光的票，马上追了上去。龙子在车前踌躇着，想知道庆次在哪节车厢，但被发车声催着，于是有些慌张地上了隔着一段距离的二等车厢。

四

火车很快发动了。

龙子待的车厢比较狭小，车座中间有靠垫隔开。车厢里还有一个僧人模样的人，穿着便服。龙子面前有个大个子男人正仰着头在睡觉，他身上披着外套，穿着特等绉绸和服裙裤。龙子觉得这个睡在自己膝前不到一尺处的男人非常肮脏。男人仰头睡着，嘴唇很厚。龙子扭过头，尽量不去看他的脸，身体往角落里靠着坐。

庆次打算坐到哪里呢？龙子没有头绪，每次停车都得注意有没有庆次的身影，龙子担心着，拿出梳子去梳自己蓬乱的头发。

火车离开城市越远，停车时间就隔得越长。透过车窗可以看到黄色荒芜的农地和森林的树梢。树丛边洼地里的白梅老树开花了，花密得像要漫出来。三个姑娘将手揣在怀里笔直地在田间小路上跑着，路的尽头有个鸟居。

龙子想，庆次也从同一列火车的车窗看着这些吧。她没想到刚才庆次会在车站，现在想来还感到一阵不可思议的喜悦。要是迟五分钟，在那里就见不到他了。二人的命运之线在微妙的地方连在了一起。龙子想，二人的约定可能是永恒的。

火车每次震动，龙子就会想庆次的身体也会感受到同样的震动。想到不久后自己站在庆次面前的样子，她感到开心。她感觉已经不知多久没有体会过那种感情的微微波动了。她觉得只要见面牵着彼此的手，庆次的痛苦也会因此一点点消除。她认为在这刹那的喜悦之情中，他们两人会冰释前嫌，爱又会恢复成最初的模样——龙子梦想着这一切。

每次到站，龙子都会打开窗户看下车的人。过了许久，僧侣模样的男人从她眼前经过，下了车，车厢里只剩下那个在睡觉的男人。龙子脱下木屐，从靠垫这边跳到那边，坐到对面去了，然后自己一个人待着。虽然从昨晚开始就什么都没吃，但她却什么都不想吃。今天也已经到下午三点多了。

随着火车的前进，龙子的心也渐渐平静下来。大河静静流淌着。西边天空叠影重重，阴云满布，天空尽头山影依约可见，且越发清晰，而后山也显现在北方的天边。龙子带着一种分外感伤的心情看着山。山的豪迈姿态让她又重新觉得悠然自得起来。龙子感受到从未有过的自由，种种精神疲劳也从她心底渐渐消失。山的灵魂影响了她的心，她的精神世界很自然地打开了，变得深刻而宽广。

"多么亲切的颜色啊。"龙子看着山景，想象着赭石色山峦的褶皱。

龙子精神很好。现在她想看着山生活，不见任何人，就那么看着山过日子，在那里静静思考。她想过一天随心所欲的生活，哪怕一天也好。

火车一到站，龙子就很敏感地探出头注意着下车的人。她觉得从上车到现在应该过了大约三个小时，却没看到庆次下车的身影。龙子心想：难道他打算去日光？也有可能是她在哪个车站把他的身影看漏了。如果是这样的话，自己就一个人去日光吧，然后一个人待着，一个人思考。

不看任何人的脸，也不为任何人的感情烦恼，我就在那里想我自己的事情。我必须一个人好好想一想，我必须好好想想我的行为。

从昨晚开始发生在她身上的一切，带着耻辱静静地浮现在她的脑海里。屈辱一点点落在她的周围。

火车停靠在大城市 K 的车站时，龙子看到庆次从自己后方的车厢下了车，经过自己的车厢。当龙子看到他的身影时，她脑海中忽然出现就这样和庆次分别不再见面的想法，但她还是动作机械地推开门下了车，然后悄悄跟在庆次后面上了台阶。二人的脚步声混在四五个人的脚步声中，那响声像在地板上交流呼应般，但是庆次却没有回头看。龙子故意不跟得那么紧，在出检票口之前，都和他保持着一段距离。庆次递出车票的时候，偶然回头看到了龙子，他惊讶地睁大眼睛。

龙子跟着出了检票口后，站在庆次身旁，默默注视着他的脸。庆次脸色苍白，才一天时间，他的面容就憔悴了。

"你要到哪里去？"龙子用平静的语气问道。

"你怎么来了？"

"我是跟在你后面……"

庆次也注视着站在自己身旁的龙子的脸，然后沉默地朝街上走去，龙子也和他并排走着。大路的另一侧有几栋很大的旅馆建筑连在一起，旅馆屋檐下点着灯。刺骨的山风吹着龙子的脸和腿。她好奇地看着乡间街上的灯，冷得直打战。天色还没有完全暗下来，傍晚的光亮像要把屋顶和地上的暮色赶回去，聚着微光一直不肯散去。

庆次向大路右边拐去，他把脚步放得极慢，漫无目的地走着。他直视着前方，像在想着什么，又像什么都没想，有时又小声叹息地快步走着。道路渐渐变窄，路两旁都是屋檐低矮的小饭馆，招牌灯笼上写着假名¹商号，包裹着淡红的灯光，在人来人往的地面上投下影子。龙子看着灯笼的光默然走着，很快她就感到了身体的疲倦。

这一带饭馆林立，走到尽头后，面前横着一条小河，河上有座桥。龙子看着天空过了桥，意外地发现阴沉的天空中挂着一弯朦胧的月亮。

四周暗下来了。街上黑乎乎的，不见灯影，围栏相连，他们走了很久。庆次一直沉默地走着，没有开口和龙子说一句话。龙子几次想停下来，还是被庆次拉着跟在他后面。黑暗的街道令她非常讨厌。兜兜转转走了好几町远，他们才渐渐看到前面交叉路口一角的摊贩，那里灯火辉煌，热闹得像庙会似的。明亮的灯光模糊了黑暗空间的边界。

1　日语的表音文字，主要分为"平假名"和"片假名"两种。

很快，两人就走完热闹夜市旁的大路，再次进入黑暗的街道。庆次马上停下脚步，看向龙子，然后声音沙哑地说："我来妹妹这里有事。"

龙子这才想起来，庆次的妹妹嫁在这个镇上。

"但是今晚我不能和你一起住她家，你也不愿意吧。"庆次说完想了一会儿。龙子看着漆黑的地面没说话。庆次的声音像是从遥远的地方传过来的。

"去附近找间旅馆吧。"庆次这样说完，又往回走。龙子跟着他去了。

五

回到车站附近，两人进了一家旅馆。他们被领着拐过二楼右边的走廊，来到尽头处一个房间。这间房有六张榻榻米大，隔扇门上贴着梅兰竹菊四君子的水墨宣纸画。女佣搬来火盆，龙子外套也不脱就坐到火盆前烘着手。二人心情放松了下来，像半路走散后又找到了彼此一般，但二人只是长时间沉默地坐着。庆次低着头时不时抽根烟，尽量不去看龙子的脸。电灯的光像在审问两个陌生人似的，在高高的天花板上煞有介事地亮着。

"你本来不打算回家了吗？"

"嗯。"

这样简单地交谈过后，两人又沉默了。龙子的头开始一阵阵地痛。女佣来喊洗澡的时候，庆次出去了。

房间周围静悄悄的。和他们隔了一两间房的地方时而传来翻账本的声音，听上去像在静静地深思。远处有乐队杂子的伴奏声。竖起耳朵仔细听，在低沉的乐队伴奏中有像奴隶的回应一样"咚"的浑厚声音，它与吵闹的杂音中的某种声响，以及群众尖细的方言声混在一起，回荡在乡下散漫的空气中。龙子眼前浮现出刚刚走过的街道：昏暗的灯随处可见，还有一座小桥。水流看上去黑漆漆的，长长的黑色围墙向远处绵延着。龙子找到了刚刚在这幅情景中转悠的自己和庆次的身影，心里充满了寂寥感。

龙子在想庆次，在想看到自己时庆次脸上惊讶的表情。龙子没想到庆次的脸会那样憔悴，让她觉得很可怜。尽管她从见到庆次和他交谈了一句后，就已经对他萌生了一种轻微的抵触情绪，但是这样下去，她一定会更加眷恋这个男人。那种对他身体的眷恋、不想和他分开的感情渐渐袭来；还有和庆次久违地一起住旅馆，也让她忆起往昔。龙子反复回忆着过往的羁旅之情。

已经过去八年了，龙子想。二人曾逃离东京，躲在京都祇园的旅馆里。时值五月初，丸山公园里晚樱盛放着，樱树上的叶子已经长了出来。天天下雨。龙子穿着夹层和服。房间的两面白墙上，分别开了两扇窗户，看上去像西洋建筑。龙子把胳膊肘撑在窗台上，看着静静落在石灯笼上的雨，庆次把手搭在她的肩上，不时握紧。有一间四张榻榻米大的小房间紧挨着他们的房间，龙子有时会进那里让女佣给她绾京都式的发髻。庆次的师父带着钱上门拜访的时候，她就进到那间四张榻榻米大的房间里避了半日。龙子和女佣一起冒雨去清水寺参拜回来后，庆次哪儿也没去还在睡觉。二人在那里约定了不管遇到什么事都要在一起，不管遇到什么事都不离不弃。

那是装点二人过去的美好画卷中的一幅，只有这幅画没有被时间的力量腐蚀，一直闪耀着鲜艳的粉桃般可爱的色彩。

画中人只有自己和庆次。

但是画终究只是画。画已成画。当时两人的呼吸、两人微笑的嘴唇，再也没办法从画中重生来到现实。

龙子的视线一幅接一幅地追逐着那些画，忘情凝神着；可不论她怎么看，那些画还是重新卷起来了。

"你也去洗一下吧。"庆次洗完澡出来后看到龙子说。她依旧低着头，摇了摇。

很快女佣端来了饭菜。龙子想起自己今天一天什么都没吃，便拿起了筷子，但嘴里干巴巴的，吃不出任何味道，所以她随便吃了点，然后有些生气地看着庆次不停在吃。

"你不吃吗？"庆次吃到一半问龙子。

二人吃完饭，相互依偎着在小火盆前烘手。龙子的头还是一阵阵地疼，她忍着疼，问了庆次他妹妹家在哪儿。庆次说了妹妹家的情况，又说了乡镇寂寥的光景云云。聊天的时候，谈话有时会像突然断了线，无法继续下去，他们彼此沉默着陷入深思。

但那并不是思考，二人都因为昨夜以来身心的极度疲惫，感觉到朦胧的睡意袭来，就像病了似的，然而龙子并不觉得是睡意来了。有时意识渐渐迷离，她就像"锥刺股"那样想办法让自己精神清醒，然后看着庆次憔悴的脸。庆次的沉默让龙子痛苦不堪，但是她又不愿主动开口。总而言之就是因为必然会提及那个问题，这件事让她心烦意乱。

庆次感到幸福。庆次为龙子跟在自己后面追来而高兴，觉得至少那是女人毫无疑问的真心，甚至认为这样一来，一切都结束了。龙子的错也好，自己的嫉妒以及当时的愤怒也好，一切好像都过去了。过去已经烟消云散，二人之间有了新的爱的千千结。

然而，庆次觉得好像还有一件必须要解决和深究的事，觉得两人的关系不能就这么重归于好。他认为只要这件事得到解决，所有问题都能自动解决。

那就是只要女人一句道歉的话。庆次觉得只要能听到那句话，在完全恢复的新的喜悦中，他也能再次和女人融为一体，然而龙子却一直什么都不说。

"来的时候看到遇难者[1]的千人冢了吧?"庆次忽然想起来。

"我没注意，在哪儿?"

"是到这儿之后了。"

一时之间，彼此的心里都浮上了可怕的幻想。龙子注视着庆次的脸。

"我看到的时候汗毛都竖了起来。"

"为什么?"

庆次没有接着往下说了。他想到今天早上出门之后，自己变得没个男人样子，几次想着去死。

可憎的女人! 庆次心里反复想着。昨晚那疯了一样的情绪忽然又上来了，血液沸腾着。

"你为什么要跟来，为什么要和我坐同一趟火车?"庆次问龙子。

---

1 这里应指帚川铁桥列车脱轨事故中的遇难者。

"我去了上野站找你。当时你正好在那儿，但是……"

龙子说到一半，想到自己当时怎么都没勇气叫住庆次，就打住了。这时庆次才注意看龙子的脸——她眼里布满血丝，两颊皮肤皱了，略有点红，眉毛涩涩地竖着。那样子就像喝多之后，翻腾的血液从薄薄的皮肤下难看地透了出来。这时男佣拿了住宿登记簿进来，龙子别过脸去看着壁龛上那幅梅花；直到庆次写好登记簿，扔到男佣面前，男佣走了之后，龙子才又把身体转向庆次这边。她盯着他的脸："如果就这样再也见不到你的话，我想一死了之。"龙子低着头小声说道，她的声音在颤抖。

"为什么？"

"我太舍不得你了，不知道该怎么办。"

龙子低垂的眼睛忽然落泪了。她拿出手帕擦掉了眼泪，但任她怎么擦，眼泪还是往外涌。

"你铁了心要和我分开吗？离家出走是打算忘了我吗？"

庆次没回答。

"也许你能和我分开，但是我不想。不管你去哪儿我都要随着你去，我不想分开。"

"但不是你让我这么做的吗？不是你说要分开的吗？你都干了些什么，你想想！"

"不，无论如何我都不想分开。不行，我不能和你分开，我做不到。"哭泣让她的声音颤抖，其中还夹着不甘心似的喘息。她还想接着说点什么，却哽咽着发不出声。胸口起伏得像要炸开一般。

庆次听着女人这番激动的话，抱着胳膊一言不发。

女人在做坏事，她抛弃我爱上了别的男人，用我无法想象的甜言蜜语去笼络其他男人的心，还以此为乐。哪怕我知道，女人也满不在乎，还说"自己做了的事就是做了，如果你不满就分手"。

庆次突然对龙子的行为感到极端愤怒和憎恶，胸口像要裂开一样，嘴唇颤抖着。

"你说这话经过思考吗，还是随口说的？"

"我是想过后才说的。我今天经历了怎样的思想挣扎，你可能想象不到吧。我是带着怎样的想法追在你后头来的……"龙子的眼泪好不容易止住了，声音也渐渐清晰。龙子说完觉得那声音很陌生，像是别人的声音，她忽然噤声了，然后看着庆次的脸。突然，她感觉有一股强烈的力量在袭击她的身体。她拿这股力量一点办法都没有，四肢像被吊了起来，呼吸变得热烈。她咬着嘴唇一直盯着庆次的脸看。

"我本来觉得无论如何都要分手，想着就此不再见面。"

"你不是说要杀了我吗，为什么又不杀了？你要是存着分手不再见我的念头，还不如杀了我。杀了我吧，我宁愿你这么做。要么死在你手里，要么就让我更惨一点，让我遭遇不幸吧……"龙子紧紧握着自己的手，身体靠到庆次身上接着说。她的身体火辣辣的，肌肉有种灼痛感，痛到让她想把整个身体抛进燃烧的火中。

"你烧死我吧。"龙子用强有力的声音说，她的身体在庆次身上蹭着，蹭得庆次身体直晃，可他却没有还手。

"我不清楚。"

"你不清楚什么？你明明很清楚，我也非常清楚。"

"我不清楚。我说了不回去，却又不是这样。我打算今早或明天回去。我觉得不管怎么样不能就这样不管你。"

庆次表情严峻地看着龙子，然后他的嘴角浮起惨白的微笑。龙子看到他的微笑的瞬间，眼中闪过蔑视的眼神。龙子的心一下子冷静清明了，她沉默了一会儿。

"你跟在我后面追来是什么感受，我离开家之后你又是什么感受，你能对比着想想吗？"

龙子像是要从男人的脸上解读那句话一样，用带着嘲讽的眼神盯着他看。

"你让我这么痛苦，我已经无能为力了，我不能幸福了。"可憎的女人，庆次心里再次反复骂道。"你来到我面前，是在懊悔自己的行为吗？"

"不，我没有后悔，绝没有。"龙子冷酷而干脆地说。她稍稍松开了庆次，斜着身体，看上去左肩稍高。

"没有后悔吗？是吗？那一切就结束了。"庆次声音嘶哑地说。他觉得好像看到了女人心底翻涌着敌意的情感。该拿这个女人怎么办？就这么抓着女人的头发，迅速掉进深渊——庆次陷在这种沉重的阴影中，连手指都动弹不得。

"今天早上我本打算去父亲身边。"龙子的声音听上去低沉而落寞。庆次的眼睛忽然眨了眨。

"我怕你会杀了我，怕得不得了，所以我才打算逃走的。要是我就那样算了，没有追着你来，你会怎么办呢？"

"我可能会回东京。不，肯定会回去，然后再去找你吧。"

"刚刚在 K 市的车站看到你的时候，我就不想见你了，想着要不就那样回去，但是还是跟来了。"龙子说到这里停下想了想。"这件事只要我后悔就行了吗？这是只要我向你当面道歉就可以了的事吗？"

"你如果不这么做我没办法原谅你，我没办法相信你的真心。"

"是吗？你不原谅我也没关系，我就以做过坏事的女人之名让你报复。"

龙子想笑却笑不出来，胸口一紧，眼泪渐渐涌出来。

"随便你要我遭怎样的罪，随你怎么做。如果我的所作所为给你带来了那么大的痛苦，随便你怎样报复我我都接受。随你怎么做，我决不会为了自己所做的事情后悔。"龙子表情严肃，像是下定了决心似的，紧紧抿着嘴。

内疚？为那件事？

龙子扪心自问，是的，那件事一定让我内疚了。与其说内疚，不如说我为自己感到羞耻。自己一边给一方说着甜言蜜语，一边又在两个男人间举棋不定，这样的做法让我觉得卑鄙，感到羞耻。为一个人心动的同时，心思又在另一个人身上，这就是欺骗了一个人，玩弄了另一个人。这一直让我的良心受到谴责。我觉得对任何一方来说这都是伤害。我为自己玩弄别人的感情而烦恼。我同时跟他们双方撒谎，同时执着于两个人的灵魂，又同时践踏了他们的灵魂。即便我没有委身其中一方，这也不能减轻我的罪恶。

但是，我没必要非在庆次面前忏悔那件事，我决不会做那种事，我讨厌那样。那件事也好，我对于男人的爱也好，都是属于我的。我有什么必要向庆次显示我的忏悔之心呢？我不想为了赢回庆次的心而做到那种地步。我爱这个人，只要我自己这么想就行了。我只要沉默就行了。如果他逼着我忏悔，我觉得那是对我的侮辱。我不要。我不想要他的原谅。

龙子的想法渐渐沉到心底去了。她反复想着出门时对庆次那般的不舍，心里又难过了，眼泪不停地流。在庆次复仇成功之前，自己都要在他身边静静地看着他。不论怎样的复仇我都会接受，决不会像今天早上那样因为害怕男人的复仇而试图从他手里逃走。在复仇来临之前我会纹丝不动，并且默然承受。这样一来，我的立场就明确了，心情也就畅快了。这样比较好，龙子想着。

于是龙子决定明天一早自己一个人回东京。

两人沉默了很长时间。风吹得走廊下的挡雨板啪嗒啪嗒响。瘦弱的女佣来询问客人的需要，很快又出去了。

"你为什么要做那样的事？"庆次忽然爆发，厉声问道。龙子没有回头，她觉得没什么要和这个男人说的了。

"你想想我多可怜。"庆次的眼里滑下了泪水，他抱着胳膊抽泣起来。

六

庆次还在熟睡。

龙子起来站在走廊里看着外面。她看见对面车站的屋顶，又看到屋顶后面的山，它们高耸入云，蜿蜒连绵，它们的轮廓挡住了她的视线。天空阴沉沉的像注了铅。龙子看着山，又一动不动地看着山与房顶之间袅袅升起的一缕浓烟，稍稍往右飘着。和周围的景物一样，只有黑暗的东西围绕着龙子的心，她内心阴郁，又回到室内关上了拉门。

汽笛和车子的声响渐渐消失在遥远的天际。小孩唱着童谣的声音从楼下传来，还带着口音，分不清是男孩还是女孩。周围的房间还和昨天一样非常安静。

龙子笼着手，坐在棉衣被的下摆处，尽量不去看庆次。她想着看到庆次的眼泪那个瞬间，自己的感情像梦一般崩塌了。她的心门关上了。她感觉自己感情失败后的心充满了失落感，仿佛一切都失去了色彩一般，她静静凝视着那种失落感。

龙子觉得不能就那样待在那里，她又站了起来，打开后面的窗户看了眼窗外。眼前有一条流过这间旅馆附近的小河，水很清澈，涓涓细流晃动流淌着。

龙子想，这流动的水为什么会那样晃动。她又看着天空，天空还是阴暗的铅灰色。她伸了个大大的懒腰，看着围墙外的街道，看见了一家小饭馆的一个纸灯笼，灯笼上有假名写的店名。这条街就是昨夜和庆次走过的那条狭窄横道。从这里往前直走有一座小桥，就是在那座桥上，他们看到了一弯朦胧的月牙。寒风吹得皮肤生疼，龙子关上窗户，又在微暗的房间里坐下。黄色棉衣被的条纹，庆次脱下的棉长袍的鼠灰色，在龙子眼里都显得阴郁。

龙子想立刻坐火车回东京了。在庆次身边这样坐上哪怕一个小时，都让她觉得厌恶得受不了。她向庆次那边看去，打算叫醒他，一看到他睡得正香，便产生了就这样随他去自己一个人离开这里的想法。龙子下楼去，在浴室盘了头发，洗了脸。

"下雪了。"

"下雪了啊。"

账房那边传来这样的对话。

上二楼来的时候，龙子站在走廊下看了雪，澄澈的空间刚刚还什么都看不见，现在已经被灰一样的细雪填满了。雪随着风翻飞落下。

龙子在楼下问过，离下一班火车发车还有两个小时，她边想着怎么打发这段时间，边进房间重新穿好衣服。庆次起身看着龙子。

龙子发现庆次起来了，却没作声。庆次从床上起来，就那样来到外面的走廊下。龙子看着他的背影，觉得那身影可恨，妨碍了自己做想做的事。

"不管怎么样我都要回去。"龙子这样决定后系上了短外褂的腰带。

庆次听龙子说马上要回东京，就说了一句"这样比较好"，并没有反驳。

"你呢？"

"我打算在妹妹这里待两三天。"庆次声音低沉地说。

庆次刚才醒来之后就在考虑一件事，他想和龙子一起在外面待个四五天。他觉得龙子一定会为他的计划感到高兴。在旅途中散散心，自己的嫉妒也会自然淡去吧；龙子也不会为他的固执的念头而烦恼，彼此一定可以暂时忘掉往事，回到无忧无虑的日子。庆次这样想着，睁开了眼睛，眼里充满新的喜悦，然后起来了。

他没料到龙子会说要回东京去，自己的想法就像被推翻了一样，立刻让他产生了不愉快的联想。疑惑的乌云在他心里扩散，神经战栗着，像受到威胁一样。庆次的腋下冒出冷汗。

庆次低垂着凹下去的眼睛，心里在琢磨着什么。

"那就这么办吧，我回家等你。"龙子的声音听上去和平时一样明快，这也引起庆次的反感。他没有回答。

两人又摆好饭菜，吃了个很晚的早饭。时间已经到了下午。女佣每次开关门，他们就能看到外面的雪，眼看着雪要越下越大了。

"爱过别人的女人。"庆次不停地这样想。

龙子沉默着，感觉脑海里某种烦恼的阴影摇曳着逐渐扩散开来。那阴影中隐藏着男人的声音，那声音会挑起龙子的情绪；隐藏着男人美丽的眼睛，那眼睛忧郁地看着光。龙子不时地看着天空眨眨眼睛，仿佛要用自己的眼睛把那阴影赶走。她的心里渐渐充满了挥之不去的烦恼。

"你要冒着这么大的雪回去吗？"龙子突然听到庆次的声音，她心不在焉地"嗯"了一声。

"不在这里住一晚再走吗？"那声音听上去有点颤抖，就像急着想抓住女人的心一样，可龙子却在自己的心里猛地将他推开了。她没看庆次的脸，说：

"不，我回去了。你随后再回吧，要住两三天就住吧。"

庆次站起来，像对所有事情都下定了决心似的，往窗边走去。他打开窗户，看着雪不停在下。

庆次看着成排房檐低矮的茶馆街，回想着昨晚的事，就像刚刚龙子看着那里回想昨夜的情景一样。那时候自己打算抛下女人头也不回地走掉，看到追在自己后头来的女人，虽然觉得意外，却不打算再和她说话，就这么在这条街上走着。自己一看到女人的脸，就立刻准备抛弃她了。

庆次从这时候又回顾了一遍自己的心路历程，那里有他不舍的自己的身影，被女人一点点拖走了；还有对他而言，除了肉体之外一无是处的女人的影子……

"我马上就去妹妹那里。"庆次边关窗边说。龙子抬起苍白的脸看着庆次，刚才有寒风从窗户吹进来，吹得她瑟瑟发抖。

龙子总觉得会这样永别，悲伤猛地涌上心头，她抑制住悲伤，满眼微笑地迎接来到自己面前的庆次。微笑的眼睛背后，隐藏着谎言细微的波动。

"你马上就走吗？"

"还有一个小时左右吧。"

庆次叫来女佣，吩咐她安排车去 A 町的妹妹家，之后就再也没说话了。

"过两三天就回来。两个人还是稍微有点距离好……这几天你也好好想一想。我也会想一想的。"龙子说道。

龙子离开庆次，一个人待了一会儿后又充满了希望，她反而觉得离开是好事。如今离开庆次，一个人之后，她在自己的面前才有了干脆决断的样子。她觉得这样可以不受任何人烦扰好好思考，但却不知道自己决断的天平会倾向哪一边。离开庆次？告别新的恋情？龙子想尽快单身。她心烦意乱，觉得必须要平复这纷乱的感情。她坐在庆次面前，一副非常低落的样子。

车子很快来了。"回见。"庆次披上外套和龙子打了声招呼。龙子难过地说不出话来，只点了点头。庆次注视着她的脸，眼里闪过一道光。庆次出了房间走了。

七

列车冒雪前进着。暴风雪看上去像要把肉眼可见的一切席卷到什么地方去。森林、山峰、原野、树木都被暴风雪覆盖住，不见了踪影。隐约可见河流隔断了积雪，河面呈黑色，像矿物结晶一般。龙子把脸靠在车窗上，目送着猛烈的暴风雪一点点离去。雪在车窗上融化后汇成细流。

不管在哪个车站，往来的人都裹着外套，外套上落了雪。列车进站的样子豪迈雄壮，像是踏着暴风雪而来；然后又意气风发地冒雪而去，车站里的人都不约而同地抬头目送。龙子觉得，他们每个人的眼里都带着生机勃勃、充满力量的光芒。

龙子陷入深思，眼神像在注视着什么，不时把脸靠到车窗上，陶醉于外面的景色。暖烘烘的热气从她的脚尖渐渐传到身体的每一寸肌肤，龙子靠在靠垫上，全身的血液都暖和了起来。这节车厢除了龙子之外，一个人都没有。

龙子大胆地陷入某种思绪中，那思绪柔和而小心翼翼地逐渐侵蚀了她平静的心。淡淡的微笑让她全身的血液微微沸腾。

"不论发生什么，请一定不要……不要抛弃我。"龙子耳边响起年轻活泼的男声。那是谁的声音呢？龙子的血液再次微微沸腾起来。

"我不会抛弃你的。如果有一天我抛弃了你，那我也抛弃了自己。"龙子的耳朵里又响起年轻活泼的女声。那是谁的声音呢？

女人用衣服下摆抱着鸽子，很多鸽子向二人周围聚拢过来，其中一只突然跳到女人胸口上，缠住女人不放。女人为鸽子这突如其来的爱而惊讶，紧紧抱住鸽子，亲了亲鸽子的喙。

"快点拿米来。"为了安抚鸽子，女人抚摸着鸽子的小脑袋对男人说道。

男人打开玻璃罐子，从里面取出一只装满米和豆子的陶盘，递到女人怀里的鸽子旁边。女人接过去，喂给鸽子吃。男人也高兴地看着。

"好可爱的鸽子啊。"

"是啊。"

成群的鸽子围住二人团团转，"咕咕""咕咕"地叫。他们和鸽子玩了一会儿，回去的路上男人只说了那样一句，女人也只回了那样一句。

龙子的回忆在色彩美丽的雾霭中接连缠绕着浮现。男人那多愁善感的心执拗地纠缠着龙子的心。这些日子男人为了不离开女人而紧紧纠缠的情感，龙子心里清清楚楚，甚至还产生了痛心的怜悯之情。龙子感觉到男人的大眼睛忽然偷偷看了她一眼，眼睛里神色忧郁，让她不寒而栗。那是谁的眼睛呢？她对那双虚幻的眼睛没有印象。龙子微微心悸，她怀疑自己现在在做梦。想到这里，她回过头去看，仿佛在寻找刚才的意识。那种令她血液沸腾的思绪不是梦，并且在她脑海里留下了深刻的印象。意识到这一点的瞬间她感到非常心烦，困于那种思绪让她觉得麻烦、厌恶。她上一秒钟还这样想，可下一秒钟男人的情感又真切悲伤地向她袭来。龙子看了眼窗外，雪掠过她的眼睛横飞着落下。

半路上这节车厢的乘客多了起来。一股浓浓的烟味漫入车厢里。翻报纸的声音、男人粗粗的说话声，都闹哄哄地传入龙子耳朵里。灯泛着柔和的光，照在车厢里。外面天一点点黑下去，只剩雪的光亮。

龙子的心忽然啪地打开了，周围一下子变得明亮起来。她强烈地意识到，自己的身体现在完全属于自己了，自己的意识也完全属于自己了。那自由的心情让她高兴得不能自己，这个瞬间她几乎不知道该做什么了。想什么，做什么，抛弃谁，不理谁，都是她的自由。她可以不为任何人的感情伤神。在乎一个人也好，觉得被骗也好，觉得被玩弄也好，这些想法都在人一念之间。龙子觉得今后自己的人生要随着心走，于是她的心振奋了起来，变得开阔了。

东京雪也下得很大。人们从火车上下来后，聚集在车站的一角，各自找着车。聚集在雪中的人力车，踏板上都积了一层雪，雪是从车篷前面落到踏板上的。车夫把踏板擦了又擦才让乘客坐上车。"白金三光町——""神田锦町——"，戴着蓝帽子的工作人员这样唤着车夫。乘客们用一种看上去很不舒服的姿势，徘徊走动着避开横吹进来的雪。

附近的电车站有电车去郊外，龙子最终没能叫到车去车站，她冒着雪跑了过去。只一会儿工夫，她的头发、和服、袜子都被雪水打湿了。

电车到站后，龙子冒着雪走过了回家那段路。

郊外的路像一条雪白的布。每走一步，矮齿木屐就会踩到和服的下摆，沙沙响地陷进雪里。她全身都覆了一层雪，但只有脸感觉到有冰凉的东西纷纷扬扬落下。她的身体很暖和。她不时看看天空，透过山丘向山的另一边望去。雪让世界都亮了起来。细细的雪不停下着，无边无垠，但透过雪的光亮能模糊地辨出落雪的界线。雪中依稀可见被积雪覆盖着的房顶的轮廓。

龙子来了兴致，想这样一直不停地到处走。她用力踩着矮齿木屐，喀喀地踏雪而行。她刻意深呼吸去抵抗迎面吹来的雪，可是快到家的时候，龙子的心情却说不出的不快，自厌自弃的情绪在内心里积聚着，让她感觉上气不接下气，可能就要那样昏过去。她打开关着的门，感觉到门口的雪落到脸上。在玄关弯下腰的时候，她感觉自己的脉搏渐渐没了，意识变得模糊，像半昏倒了似的。

龙子脱下了所有的湿衣服，边梳着头发边进了自己的房间。灯照得房间里很明亮。昨天早上她抛下一切出门时的各种东西还在原来的地方，没什么变化。灯光下，梳妆台上的梳头油瓶在角落里缩着瘦弱的身子。她觉得房间里的一切都很可爱，让她想哭。

"你们一定不知道，从昨天到今天，种种想法榨干了我的心血，但是我又回到了这个房间。"

龙子想着这些事情，环视了眼房间，然后钻进女佣准备好的被炉里睡去了。她觉得好像很久没有裹在自己的友禅染¹被子里了。肌肤熟悉的棉衣被很柔软，紧紧缠在身上，像在抚慰她。龙子什么也不想，在明亮的灯光下安稳地睡着了。

夜更深的时候，龙子感觉枕边好像有什么声音，醒了过来。是女佣拿了信来，宏三寄来的信。

　　我从一点等你等到五点多，想着你为什么不

1　一种面料印染方式，多用于印染人物、花鸟等华丽图案。

来，又觉得你总会来，就这样等了一个小时又一个小时，终于等到五点多，你却没有来。我在想你怎么了，非常担心。不会是生病了吧？请快回信，不然的话，明天我会再去那个车站等你。你如果能来就来吧。我等你。

信这样写道。

今天是那个日子。龙子和宏三约定，今天天气好的话就去郊外散步，她尽管想起来了，却把信就那样丢在那里，又睡着了。

八

第二天早上龙子醒得比较早。外面太阳出来了，阳光照在雪上熠熠生辉。屋檐的滴水在家四周发出很大的声响。

龙子在发烧，可她却从床上起来了，透过窗户看着外面的蓝天。蓝天仿佛在微笑着远远俯瞰龙子嘴里呼出的白气。阳光洒满整片天空，龙子觉得光芒刺眼，于是她又走到镜子前照了照自己的脸。尽管昨天和前天也都照过镜子，但她感觉没有仔细看过自己的脸。她的脸不像庆次的那样憔悴，尽管有黑眼圈，脸颊和下巴却很丰润，气色也很好。龙子用手摸了摸自己脸颊和下巴上的肉。

明亮的光线照进房间来，龙子穿着睡衣在那儿来回走了一会儿。她忽然看到昨晚宏三寄来的信，拿起来又读了一遍。她昨晚没觉得那件事有什么，今早却觉得非常过意不去。宏三在雪中寒冷的车站等了她四五个小时，她的眼里清晰浮现出了宏三的样子。

龙子觉得不能就这样弃他于不顾。今天他可能又在等自己，龙子觉得自己必须要做点什么。尽管她刚刚还这么想，可很快心里却又悄悄浮现了某种残忍、心狠和不在乎的微笑。

随他去吧，她想。她连从这封信的字里行间去揣摩他的心思都嫌麻烦，觉得着急和不耐烦。

"随他去吧。随他去吧。"龙子在心底不停呼喊着。想这件事让她有种裸露的皮肤上被什么东西一点点紧紧黏住的感觉。

龙子就那样把信揉成一团，从一角开始一点点用力地嚼着。自己做出来的事就那样丢在那儿，她一脸嘲笑地冷眼旁观着。龙子把门窗都打开了，然后又钻进被窝。明亮的光线像撒出的粉一样注入她眼睛四周。

龙子很快又模模糊糊地睡着了。她渐渐走进了一个清晰的梦境，明亮的幻影动着，几乎让人觉得那根本不是梦。

龙子走进了一条小路，这条路边上是高高的柏树叶篱笆墙。她打算往入新井 [1] 的宏三家走。新建的房子有五六间，有的朝东，有的朝北，一起建的那一片和路尽头格子门的宏三家都和现实中的一样出现在梦里。龙子从格子门前绕到后面，往井看过去，明亮的阳光照在井边，宏三的母亲在那里洗衣服。龙子一打招呼，母亲就来到龙子面前，不知为什么她在不停地静静流泪。

龙子也难过起来，哭了一会儿，不知何时她又进了宏三的房间，和宏三面对面。宏三不停地站起、坐下。他光着的脚清晰地映入龙子的眼帘。

龙子又哭得更凶了，她放声哭着。

"一看到他妈妈我就会一直这样难过。真的不论什么时候看，她都是位好妈妈。"

龙子怀着这样的心情一直在哭。宏三连一滴眼泪都没掉，这让龙子觉得很可憎。二人因为那位母亲发生了点争执。宏三说那是庆次的母亲。

但是龙子认为那是宏三的母亲，那张脸也和宏三母亲的脸一样。看到那位母亲坐在漆黑的角落中的身影，龙子站起来想走过去，却怎么也走不了。龙子"妈妈，妈妈"地叫着，那母亲却不说话。宏三走到那位母亲的旁边说着什么。

1　入新井町是东京府过去的一个町，位于现东京都大田区的大森车站周边。

宏三和那位母亲两个人单独说着话，这让龙子觉得很不甘心；然后她正打算说点什么，却发现宏三不知什么时候来到了自己身边，正要牵起自己的手。龙子不停地拒绝，但是母亲的脸和样子马上出现在她眼前，龙子因为高兴而有点忘乎所以，出声攀住母亲。就在这时，龙子醒了。

龙子不知道为什么会梦见那位母亲，她抬眼看着明亮的房间，梦里见到的母亲分明就坐在那里似的，让她觉得又亲切又害怕。

这时候龙子开始烧得更厉害了，很快她就迷迷糊糊的。过了中午，龙子才被叫醒，说是有客人来了。来的是宏三，龙子下床去见了他。

宏三在楼下的房间等着，脸色苍白。他的神情像在为什么事情着急，眼神中流露出不安。宏三就穿着斗篷坐在那里，看到龙子的脸时，他苦笑着点头招呼。

"我昨天一夜没睡。"宏三声音颤抖地说。龙子任和服拖在地上，站在他面前。

"怎么了？"龙子看着宏三的脸，毫不知情似的问。难过的情绪忽然涌上宏三心头，他盯着地面不说话。

那表情龙子看在眼里，心想他在为什么事难过呢。梦中宏三的脸渐渐浮现在她脑海里。龙子站在那里出神地看着宏三的脸。

"本来觉得来了不太好，但是我没忍住。你昨天为什么没去，今天也是？"宏三说完抬头看着龙子，看到她好像病了的样子，突然又开始担心她。

"你哪儿不舒服吗？"

"嗯，有点儿。"

龙子不能坐到宏三面前。她总觉得一坐到他面前，自己自然就会被看穿，所以她一直站在那里，现在又拖着和服在房间里走动起来。

"你要是给我写封信我也不至于这么担心。"宏三看着她嘟嚷道，然后马上站起来打算回去。

"你回去了吗？"

"嗯，这下我可以放心了。你不知道我多担心。你要是真病了，就好好保重身体。"宏三站在那里等龙子走到他面前，但是龙子却离他远远的，看着他的脸，什么也没说。

"请原谅我这个不速之客，好吗？"宏三觉得自己的突然造访好像给龙子带来了不愉快，为了求得她的原谅，他央求道。

"不好意思啊。"

"没事。"龙子只摇了摇头，依旧远远地站着没动。

"那我回去了。"宏三满脸不舍地准备出门。突然——

"等一下，我送送你。"龙子大声说道，然后就上二楼去了。

龙子很快准备好下楼来。她一步一个台阶地走下楼，脚步迟缓，好像每一步都经过了深思熟虑。

"你不舒服，出去不好吧。"宏三的话里透着担心，然后他仔细盯着龙子的脸看。龙子没有回应他，先出去了。

外面在化雪，路上很泥泞，两人都小心翼翼地走着，沉默了很久。龙子想就这样把他送到车站，什么也不说，有什么事写信就行了。龙子这样想着，忽然停下脚步，看向宏三。宏三马上把头扭向她，他的嘴唇红润，那神色像在等她开口。他摘下了帽子，又长又密的头发在阳光下闪闪发亮。龙子不由得面向宏三露出微笑。宏三也回以微笑。

但是看到那微笑的一瞬间，龙子心里忽然罩上了忧郁的阴影。

"我们可能得分手了。"龙子这样说道。宏三像得到某种预示一样，眨着眼睛看着龙子，龙子却没有接着往下说。

茶馆已经关门了，两人从茶馆边绕过，来到小坡上。龙子站在围栏前眺望着西边的天空，晴朗的天空万里无云，雪反射的光照得人眼睛疼。小饭馆前挂出了纸灯笼，小镇的天空看上去也晴朗一片。龙子回想起前天自己在狂风中从这里跑过的样子，觉得又苦涩又心痛。

"发生了什么吗？"宏三说着往龙子身边靠过去。

"如果我们就这样分手了，会是你不愿见到的吗？"龙子看着西边远处的天空再次问道。

"是的，我不愿意。"宏三明确地说。

龙子困惑了，她不知道是该把一切说清楚还是该怎么办，但是她也说不出口。即便能把前天以来的事全部告诉宏三，她也不想告诉他自己追着庆次而去的事情。这种恋爱的虚荣连她自己都没有想到，她为此感到可耻，却也什么都做不了。她看着西边的天空想着这些。

"我已经不想再见你了，最近尤其这样觉得。"龙子故意讽刺地说，心里渐渐萌生了残忍和不在乎的感情。她压抑住心底嘲弄的笑，脸背着宏三。

"你为什么这样说？"宏三平静地说，那语气好像并不把她的话当真。他朴实的情感流露了出来，一如往常他像女人手中的线球一样缠着她。这触碰了龙子敏感的神经，她突然勃然大怒，迈开了步子。

"我送你去车站吧。"

"你不如先回答我刚刚的问题。你为什么会那么说？"

"没有为什么。"她答道，但是她立刻又改变了主意，语气暴躁地说，"他全都知道了。"

"是吗？"宏三突然这样说，听得出那语气中的不安和绝望。阳光温和地照在前方的路上，有时雪粒会从不经意的地方落下。宏三打算好好听龙子说，可她却绝口不提昨天和前天的事。

两人之间的关系破裂了。那种悲伤不断向宏三心里袭来。宏三希望龙子也能为此难过。宏三目光灼灼地看向龙子，像在求她。他想从龙子的脸上看到一丝感情的波动，但是龙子却一副冷冷的，毋宁说非常可憎的铁面无情的样子，一直不开口。

"野代先生[1]肯定说了什么吧。"

"嗯，他说了。他说要给我好看，说要杀了我。"

这句话让宏三想象到了他们的争吵。宏三那还没有经过任何事情磨炼的纯粹而年轻的心颤抖着，像是遭到可怕的一击一样。"杀人"这个词宏三连仔细想想都觉得可怕。他怎么也没有想到，那可怕的魔爪会为了他的缘故要伸向龙子。

两个人沉默地走着，然后进了车站。龙子打算告别。

"我不想就这样告别。"宏三牵起龙子的手，不想和她分开。"该怎么办好呢，你怎么办，今天不回家吗？"

龙子不说话。

"那个，龙子小姐，我做好思想准备了。我也不考虑父母和家庭了，你要我怎么样我就怎么样，我不想离开你。"

---

1 这里指庆次，野代是他的姓，下同。

宏三别过脸，拿出白色的手帕擦着眼泪。他把手帕放进和服袖兜，又面朝龙子，眼角红着。龙子注视着他的眼睛，脸上却没有露出丝毫感动的神色。

"你终究还是没办法同时走两条路，必须要择其一……"宏三站在那里看着地面这样说。龙子出了车站，从围栏那里四处望着。因为对宏三的嫌恶之情越来越强烈，她受不了了。她自己也不知道为什么宏三会变得那么烦人讨厌。

龙子对着遥远的天空，眼睛和心都放空了，想就这样从这里去某个地方，想从自己做过的事情中快速逃离。她觉得这么做不论是卑怯还是怎么样，可除了逃走确实没有别的更好的办法了。男人那颗固执的心不是别人点燃的，是龙子自己挑起的。龙子缠住男人的心，让他燃起无法实现的恋情的欲火。龙子看着眼前的情形，像是要将这恋情从男人的心里剜去一般。

然而"我做了坏事"这种自我反省让她觉得无比烦躁。

"烦，烦。"她紧紧抓住围栏，烦得想挠头。

"怎么办才好呢？"宏三的声音在耳边响起。

宏三只是说这样的话催龙子。二人的关系破裂了，这种悲伤是宏三无法承受的。除了让龙子逃入自己手里之外，宏三已经没有什么可等的了，这是他唯一的愿望。他觉得这样他们的感情才会更深更强地结合到一起。宏三觉得龙子很难下定决心。

"你在想什么。"

龙子没作声。不时有去车站的人从他们后面经过。那脚步声也分散了二人的注意力。他们若无其事地看着天空，看着前面。

"你在想什么？如果他要杀了你的话，连我也一起杀了吧。无论如何我都不能离开你，那样的事情我做不到。"

龙子的心底突然涌出泪水，但是她却咬住嘴唇克制住了。

"我不能就这样回去。"宏三说。

电车交错着开过去了。龙子想就那样什么也不说就回去，这才回过头去看宏三的脸。宏三的脸上有种悲伤牵动着龙子的心，龙子又低下头看向别处。

阳光闪耀，那道光是幸福。

"一直这样下去也不是办法，今天就在这里分别吧。"龙子温柔地说。

"你要怎么做？我担心的是这个。"

"没什么好担心的，我会在信里和你仔细说的。"龙子只说了这么一句。龙子心里重新思量，下定决心去父亲身边是最顺当的办法。明天也好，今天也好，自己还是丢弃一切去到遥远的父亲身边吧。龙子的心里流淌着淡淡的悲伤。

"那你多保重。"龙子说道，这时宏三突然发出被什么吓了一跳的声音。

"那是野代先生吧。"宏三小声说道。龙子回过头去看，庆次还是昨天的样子，穿着矮齿木屐，步子趿拉地走在泥泞的道路上，他头也没回地往前面走出了一两间房的距离。

"他没发现吗？"龙子问宏三。

"不，他是看着你走的，也看到了我。"宏三的脸色略显苍白，眼睛闪着异样的光。他一直盯着庆次的背影看。

"那你还是回去的好。"龙子用略强迫的口吻对宏三说道。

"野代先生又会说什么吧？"

"没事。"

"我去见见野代先生。"宏三像下了决心一样用力说。

"见他做什么？"龙子目光冷冷地静静看着宏三的脸。

"我说了，你还是回去的好。"龙子从宏三说要见庆次的话里，感到了某种越位的侮辱，心头笼罩上了不愉快的乌云。

"你回去吧，没什么好担心的。"龙子只是嘴上安慰般说道。

"你真的会给我写信吗？我会担心的。"龙子沉默地点了点头。宏三拿起龙子的手，像在诉说什么似的盯着她的眼睛，却什么也没说便从她身边离开了。龙子就这样让宏三离开，自己也返回到来时的路上。

她没有想到庆次正站在路的拐角处。龙子渐渐靠近他，撞上他那带着杀气的眼神，龙子一动不动地回看着他，没说话，打算走过去。

"刚刚在干什么？"庆次从身后问，龙子却没有回答。

"你去哪儿？"庆次追上去抓住龙子的手腕。

"回家。"龙子把脸凑近，盯着庆次的脸看。她害怕看他的脸，心怦怦直跳，血液在身体里沸腾摇晃。龙子一声不响地忍着，瞪着庆次的脸。

"放开我，你干什么！"龙子想从庆次的手里挣开手腕，庆次却不放手。两人就那样快步走着。

"就按你说的，烧死你。"庆次呻吟般地低声说，喘着粗气。龙子沉默地被拖着走，恐惧席卷了全身，她却努力抑制着。

"不管什么罪我都受，让我受苦吧。"

自己的人生也会出现那样的奇迹。龙子看着天空冷嘲般地这样想着。蓝色的天空闪烁着幸福的光芒。

木乃伊的口红

一

　　寂静的风吹来，一棵树尖宛如帽子的瘦长柏树随风摇
晃着。一月初的黄昏，阴沉的天空显出昏朦的淡黄色，光秃
秃的树梢似是由钢笔勾勒而出，透过树梢可以看到青瓷色的
五重塔。

　　阿稔双手揣在怀里，站在二楼的窗边看着天空，想着
在毫无头绪的情况下一大早出去找工作的丈夫的去向。淡淡
的夕阳弱弱地照在旁边的墙上，留下长方形污渍般的影子，
不知什么时候，连那长方形也不见了，窗外的一切已被微暗
的力量一点点吞没。阿稔心想着晚饭得记着买豆腐，但却懒
得下楼，听着豆腐小贩的叫卖声，眼看着他走过了两三户人

家，于是她又接着看黄昏的天空。

　　阿稔看着天空想，要是天晴的日子，上野的树林里现在应该缭绕着紫色烟霭。一整天都和树梢亲密无间的天空在分别之际会调皮起来，将紫色的气息吹到那片树林。今天傍晚，树和屋顶都凝成了干巴巴的颜色，然后静静没入逐渐降临的微暗夜幕中。阿稔觉得这种景象寂寥，而在她往下看的时候，一个姑娘正从后面琴师家的格子门里出来，那姑娘抬头看着阿稔的脸微笑了一下，又低下头去。阿稔每次看到这个姑娘的脸，就会想起去年夏天那个下了雷阵雨的傍晚，自己手搭在丈夫肩上，两个人一起朝森林那边看时，被这个姑娘看到的那种难为情。现在这段回忆也和姑娘微笑的样子一起从心头掠过，阿稔回鞠了一躬，那动作有种少女风情，然后她马上慌忙拉上挡雨板下了楼。

　　听叫卖声，豆腐小贩应该还在街上什么地方，但是已经不会到这边来了。阿稔把下面房间的挡雨板也紧紧关上，又关上客室的灯，来到门口。

　　眼前的公共墓地上新添了两三块墓碑。墓地边的小路泛着白光，一直到拐角的银杏树那里都像是铺了一层锡纸，路上一个人影也没有。家里养的狗瘦得肋骨根根可见，在黄昏隐隐约约的光亮里泛着石膏色，衔着小树枝到处跑着玩。一会儿狗又来到阿稔脚边，阿稔静静望着丈夫回来的方向，狗也和阿稔面朝一个方向坐下，尾巴在地上轻轻地摇着，看着远处的银杏树。

"梅。"

阿稔看着和服袖子下面狗的脑袋，轻声叫道。狗听到主人唤它，没有挪身子，只抬起头目不转睛地看着阿稔，可很快又把头撇过去，竖起那对小耳朵，似乎想从万籁俱寂的周遭中听取什么神秘的声响。墓地堆砌着无数的死亡，从那边吹来的冷风仿佛要将活人的头发一根根连根拔起。阿稔看看横在面前的小路的左侧，又转头看看右侧，两三家外的民宿的檐灯，是青白色世界中唯一的一撮光亮，那抹寂寞的灯影照在阿稔的心上，她就这样进屋去了。

义男回家的时候，天下起了纷纷的小雨。义男的头比一般人的要小，和那西洋制的宽肩西服很不相称。他侧对着阿稔，脱下湿了的鞋，用手梳着耷拉下来的头发，进了亮堂的客室，就这么来到里面的房间，像把自己的身体和抱着的包袱一起扔出去一般躺了下去。

"不行不行，稿子上哪儿都没人要。"

"不打紧，这能有什么法子呢。"

义男带着包袱回来了，所以阿稔就知道肯定是白跑一趟。不知道还要奔波多久，阿稔觉得这样的义男就像雨中迷失的小麻雀一样可怜。

"吃了吗？"

"什么都没吃，不知道去了多少家书店。"

义男趴着，脸贴在榻榻米上，那声音在阿稔听来就像是脸被什么蒙住了一样。

义男不在家的时候，阿稔一个人没有心思吃饭，所以今天也和出门的义男一样什么都没吃。听到义男的话，阿稔突然来了食欲，去厨房忙活起来。义男就那样一动不动，一直等到上了饭桌。

二

"我真是个没用的人，没本事养活你。"

义男默不作声地吃完饭，放下筷子说了这么一句，又躺下了。阿稔没回他，收拾完饭桌，来到衣柜前，左思右想从抽屉里拿出许多东西堆在那里。

"喂，你要去？"

"嗯，这不也是没办法嘛。"

阿稔打包好之后，在便服外面套上外套，在义男枕边把裤脚扎了起来。

"那我去了，你一个人行吧？不会孤单吧？"

阿稔跪在那里抚摸着义男的额头。义男窄小的额头冰冰凉凉的。

"我也和你一起去。"

"那你得换上和服，穿西装不合适。"

在义男脱西装的时候，阿稔走到镜子前，戴上围巾，胳膊下夹着很大的包袱站在那里。她心想，本来自己一个人可以坐车来回，和义男一起就得冒雨走路，但嘴上却什么都没说。

阿稔就那样一手夹着很沉的包袱，一手关门，并从架子上拿下伞来。包袱碍事，她就把它放在房间正中，然后又忘了自己把东西放在哪里，到处找。

二人各撑着一把伞从院子的栅栏门来到屋外。

"你好好看门，回来给你带好吃的。"

阿稔在蒙蒙细雨中院子黑暗的一角发现了小狗的白色身影，这样招呼道。小狗已经习惯了每次两人一起出门时被关在家里。机灵的小狗察觉到两人要出门的动静，于是还没等他们来关自己，就已经准备钻到檐廊下面。

阿稔锁上门出去之后，心里还是牵挂着狗那蹑手蹑脚的样子，久久不能忘记。走了一会儿，义男才突然意识到似的，要从阿稔那里接过包袱来。

"我给你拿。"

雨中的车站，很多人在等迟来的电车。尽管雨刚下不久，泥土、树木和人身上的和服却都湿答答了，一股潮湿的味道在寒冷的空气深处回荡着。义男把包袱夹在外套里面，阿稔离他远远的，就是不靠近他。上了电车之后，二人也不住地在心里互相审视着他们所处的窘境，明亮的电车上聚集了很多双眼睛，让身为夫妇的两张脸更加避免对视。阿稔不时看到义男外套下露出的包袱一角。外套前面很紧，衣服下摆在膝盖前撑开了。阿稔别过脸去，心里想着义男那窘迫的样子，眼睛盯着电车外被雨淋湿的灯。

阿稔从仲町的一个小巷出来，眨着眼睛，睫毛闪动，像是在同情自己，在顺着伞落下的雨帘阴影中，一双眼睛四处瞟着。义男笔直地撑着伞站在拐角处的商店灯下等阿稔。她来到他身边的时候，脸上带着一抹隐隐的笑意。

"还顺利吗？"

"还好。"

二人之间没了沉重的包袱，轻盈的纸币留在了女人外套的口袋中，这让他们再次找回了不再低人一等的感觉。眼前有庞大而笨重的电车缓缓开过，车上还滴着水，在等待电车驶离的时候，阿稔盯着男人的脸，挤出笑容，那表情就像是要强行恢复之前两人间被抛到九霄云外的亲密关系。

"就这样吧。"

义男也一只手搓着下巴笑着说，但是想到阿稔的笑容中掠过了一抹满含深意的阴影，便觉得不舒服。

"好冷，不喝点什么撑不住啊。"

阿稔走在义男的前面，看着对面，店面在雨里都显得朦朦胧胧的，灯也都被打湿了。油纸伞渐渐挡住了路上的灯影，泥泞的路上满是人的木屐印、车辙印，泥水溅起点点星光。

两人进了区政府前的小西餐馆。

店里一个客人都没有。阿稔走到镜子前照了照自己的脸，义男叫她过去并肩坐着烤手。阿稔知道，这种时候义男一般都是彻底畏缩的，可悲地审视着自己最落魄的穷困状态。他眼神空洞，皱着眉头，两颊肌肉松弛地耷拉着，出神地看着暖炉里的火。阿稔故意用肩膀去撞他的身体，像要把他推倒一般，然后看着他的侧脸笑着说："不要一副失魂落魄的样子。"义男反感女人嘲笑他寒酸的那种态度，没有说话。在这种情况下，还一副故作高傲，要独善其身的样子，想把自己的情绪装点得如同胭脂一般，女人的这种心理让义男讨厌。义男忽然之间想起和阿稔在一起之前曾同居过一段时间的妓女来。那个女人很温柔，每天都会陪男人喝酒，贫穷的时候也同样会为二人的境遇难过，义男疲于工作，她为此流泪。

虽然是风尘女子，但是从来没有像阿稔那样动不动就说"船到桥头自然直"那种没有责任心的话。

"你怎么了，怎么不说话？"

阿稔缓缓晃着自己的身体，当身体撞到义男肩膀的时候她笑了。

"今天发生了一件让我不快活的事。"

义男在暖炉前弓着身子说。

"什么事情？"

义男的语气很郁闷，相反，阿稔的回答却总让人觉得可爱快活。

"XX评价了我的作品。"

"怎么说的？"

"说'陈腐，不知道这年头拿出这种作品是什么想法'。"

阿稔笑出了声："没法子啊。"

"没法子？"

义男也不顾场合，瞪着阿稔的脸大声说道。阿稔沉默地回头看了一眼，店里没有旁人，斜眼望去，只看到饭桌上白色的桌布在晃动。打在每张饭桌的玻璃器皿上的灯光，在阿稔看来就像微笑的影子，给她内心深处那想着心事的地方暗送着某种信息。阿稔回过头来一个人又笑了。

"你也这么觉得是吧？"

"没错。"

义男微肿的眼皮蹙得更紧了，阿稔薄薄的眼皮舒展着，两双眼睛长时间对视着。

阿稔看了义男的作品原稿，还到他手里的时候说："很有意思，挺好的。"

义男一直觉得就像他感受到自己工作的价值一样，相应地阿稔对他的工作也很关心。义男没有想到的是，阿稔突然冷淡了，她那种疏远的态度，好像世间的藐视突然和她内心产生了共鸣一般。浅薄的女人对他经济困苦的藐视，没想到也会表现在这种事情上，这让义男很不解。

"你这人说话真是没有同情心。"

不一会儿，说出这话的义男眼睛通红。阿稔回过身子，接过店员端来的饭菜，什么也没说。

三

"连你都觉得我是那样没用的人了。"

二人从停车场出来后，在漆黑的上坡路上边走边说着什么。

街灯的玻璃罩上挂着雨珠，灯光看上去简直就像在黑暗的一角哭泣的二人的影子。

二人既没有找到可谋生的职业，作为文学青年微小的影响力也让他们离曾经的决心——功成名就越来越远，义男怎么想都觉得这很可悲。世道背叛了自己多年来的工作，这让义男讨厌，而阿稔是那背叛者中的一员，这也令义男生气。一想到在一个人对另一个人落井下石的时候，身边的女人却渐渐对落井下石之人心生谄媚，义男就觉得拿所有话来骂眼前这个女人都不解恨。阿稔刚刚的冷笑让义男觉得心正像被锋利的牙齿咬住一般无法逃离。

"你还真是能和这样没用的人在一起啊。没有价值的人也能叫作自己的丈夫？在自己都瞧不起的男人面前，居然能面露笑容，毫不在意。你真是比妓女还轻薄的女人。"

义男说完气冲冲地走了。阿稔沉默着跟在他后面。阿稔和服的下摆全湿了，紧紧贴在袜子和木屐后跟上，以致她很难挪动步子，哪里追得上大步流星的义男。

阿稔好不容易进了家门，义男已经在小长方火盆前躺下了。梅追着阿稔来到土间 [1]，她把买来的面包从袋子里拿出来，揪给梅吃，义男那边一直点着灯，她却故意背对着他。

"喂。"

1　日式传统建筑室内的入口处不铺地板的区域。

义男用很尖锐的声音叫阿稔。

"怎么了？"阿稔说完用手抚摸着小狗。她又说道："你孤零零一个觉得寂寞吗"，却不进屋。狗把头靠在阿稔膝盖上，义男突然站起身抬起脚，踢了狗的侧腹。

"把它扔出去。"

义男下命令时仿佛把力量都集中到了面部肌肉上，那伸着的下巴也像是在说"扔出去"，他就那样呆呆地站在那里。小狗立马爬到踢了它的义男脚边，然后咬住义男袜子的前端，打算玩起来。

"到那边去。"

阿稔抓住小狗的项圈，把它拉到自己手边，然后拽到格子窗外。阿稔关上门，进了屋，义男还像刚刚那样躺在火盆前，她坐到他面前，仰着脸，那表情像是要屏住和眼泪一起涌上来的呼吸。

"我们分开吧。"

义男说完躺了下去。

义男一想到这个骨子里放纵的懒女人在今后几十年的漫长时光中都要靠他脆弱的双手养活，就觉得受不了。结婚一年以来，在这段跌跌撞撞的生活中，她一次都没有用真实温柔的话语温暖过他。回过头去看，他们贫寒生活的中心只有这个淫妇那懒散的笑脸异常鲜明。女人柔软的身体总是带着一股味道在他眼前缓缓移动着。

"你跟着我这样的人会一无所有的。我没本事养活老婆，因为我连养活自己的本事都没有。"

"我知道。"

阿稔清楚地说道。她松开嘴唇，眼泪就流出来了。

"那分开吧，为了彼此，我们现在就分开吧。"

"我自己工作，马上工作。"

二人沉默了一会儿。

每到晚上，这个家前面的公共墓地里，那些诅咒活人、充满怨念的私语就开始透过雨传来，一种神经质的恐惧感突然从二人之间掠过。

"工作是指做什么？你已经是个无用之人，你比我还要看不到希望。"

义男说完又列举了和阿稔年纪相仿、同时期开始从事文艺工作的其他女子，然后称赞了那些女子现在还在绚烂地装点着当今的艺术界。

"你是做不到的，如果我陈腐的话，你也陈腐。"

阿稔默默流泪。不幸生到了艺术世界却没有天分的一男一女，又被艺术世界抛弃，疲于底层窘迫生活的两颗心只有相互依偎，阿稔一想到这样的他们，就没法不流泪。

"你哭什么？"

"这难道不悲惨吗？我要报复。为了你，我要报复社会，一定要。"

阿稔边哭边说。

"你怎么可以把这样的事情当成目标。要工作的话现在就开始工作。在这样没有出息的丈夫身边玩乐，首先你就掉价了。如果你有自信能做到，为了你自己还是工作比较好。"

"我现在没法工作，时机没到，是办不到的。"

阿稔抬起闪着泪光的眼睛看着义男的脸。在义男看不透的深处，有一种不知什么时候要一个人冲出去的迹象出现在她眼底，义男看出这一点，心里又生了反感。

"你说任性的话没用，不管你说了什么，实际上都不会发生。所以相比之下还是分开好。"

义男像是敞开自己的心扉一般，这样说完就站起来，进到里面的房间铺床去了。

阿稔默默看着男人的动作：义男一只手从壁橱里把棉衣被扯下来，斜披着扯平了，就那么穿着衣服钻了进去。阿稔望着那看上去冰凉的被子下摆，突然意识到他们在没有火气儿的地方争吵了很久，感觉到冷，但还是怀揣着手，把凉透了的脚裹进和服下摆，一直靠在花纹墙纸上。男人凭一己之力无法应对生活之苦，于是想把女人从自己身边赶走，但是阿稔想到必须要依附于他的自己，眼里又涌出了新的泪水。

阿稔知道，如果用数量来衡量的话，义男的本事连一直以来她想象中男人本事的一成都没有。她不想指望男人那靠不住的本事。自己也必须做点什么，她常常陷入这种烦恼中，但是阿稔没找到工作。像义男刚刚对阿稔说的那样，阿稔没有能力在义男面前证明自己。阿稔不甘心，就是五脏俱裂也想证明自己，但是她什么也做不了。阿稔只有靠这个没有本事的男人养活。

阿稔叹着气站起来走到义男的床边，然后伸出右手掀开了被子。

"我也要睡觉，给我点被子。"

二人之间只有这一床被子。义男听到阿稔的声音立马起来，在枕边摸着眼镜，下床的时候说："睡你的吧。"他说完去了客室。

阿稔看了一会儿他的背影，慢慢把裹在一起的被子理好，拿来自己的枕头进了被窝。

阿稔进了被窝后，开始回想男人那木愣愣的铁石心肠和女人那层次分明的柔软内心总是不协调，然后就是每天不断在互相伤害的争吵。自己有时乱如红线的感情，从来没有得到过安抚，阿稔从没有在那些争吵中看到那许久不见的男人的心。

四

在樱花开放的时候，义男终于找到了一份工作。为了生活之资，义男每天把自己瘦小无力的身体送到市中心，阿稔每天带着小狗送他去停车场。有时候女人会面向电车车窗，像热恋中的人一样送上飞吻，白色的指尖也会遮住温暖的阳光。一般情况下，阿稔会一边和小狗说着话，一边穿过墓地回家；然后大开着窗户，热辣辣的阳光像小孩子在用指甲挠人一样照在她的额头上，她整天读书度日。多数时候，阿稔都在独自品味从阅读中流淌进她思想的新鲜文字。阿稔的心为了缥缈的憧憬，干枯萎缩得像敝了的布一样，那书页之间泛着艺术气息的种种场景，一点点悄无声息地将她的心带去遥远的虚幻世界。这时候，阿稔会兴奋起来，在墓地中转悠，脸颊红得就像稍微一戳就要流出血来似的。阿稔觉得一切都非常让人怀念，眼泪涌了上来，连袖子拂过玫瑰的小枝尖也会牵动她的心。她开始无法抑制自己躁动的情感，有时甚至把额头抵在墓碑上，尽管她也不知道那是谁的墓碑。天王寺与挺拔的青松、簇拥盛开的樱花以及黄昏天空浓重的阴影互相映衬，阿稔眼含着泪水在附近徘徊。

一天晚上，两人在上野山上悠闲地散步。白色樱花盛开的晴朗夜空泛着浅黄色。森林中的灯像微醺的美人的眼眸一样，光和光在朦胧的花间彼此眉目传情。

"真是个美好的夜晚。"

阿稔这样说着，以享受的姿态愉快地走着。每到春天来临樱花开放的时候，隐于这座山中的数千人的爱恋私语，就开始从山间安静的各处借着一瓣瓣樱花传达余音，想到这里，阿稔的心轻轻地呼唤着。阿稔在树枝低低延展如天盖一般的樱花树下抻开袖子；外套的旧香水味混着樱花的味道，让她觉得好像闻到了久违的气息，她一步步追着那无从捕捉的味道而去。

义男还是紧抱着双臂，一副冷淡的表情，和阿稔分开慢慢走着。脑海里挥之不去的贫穷让他即便是在夜晚的花阴下漫步也提不起丝毫的兴趣。长时间的窘迫让阿稔连出门穿的和服都买不起，她在便服外罩上外套便走出去了。义男看着阿稔那寒酸的背影，在他眼中此时的阿稔在这样的舞台上忘怀玩闹的样子，就像是在丑陋的背景前上演的一出闹剧。

"还不回家吗？"

义男说着停下脚步。

二人在山上远眺着池子对面围成一圈的灯，站了一会儿。远处三味线的声音就像是灯在喧闹，拨动着二人的心弦。阿稔很久没有穿过和服了，突然想到和服下摆的重量，觉得很怀念。她的薄板木屐前端把衣服下摆分开来了，很冷。

"听说吉原要办联欢会。"

义男说着开始走。宽阔的马路上灯光将天空染成了薄薄的红色，二人很快走过马路，又重新向山谷里面走。远处街道上有乐队正在演奏，吵嚷的声音融入了山上寒冷的空气中，像水中的漩涡一样轻轻卷入二人的耳朵，然后淌进樱花里。阿稔心中洋溢着春天的欢快感觉，然后，想到山外还有人陶醉于春日夜晚那热闹吵嚷的世界，看到无法进入那个世界的自己的脚步，阿稔心里有种说不出的孤独。

"我想抽一天时间，像一般人那样四处玩一下。"

阿稔看向义男正打算这么说的时候，一辆车静静地从他们身边开过。车篷旁露出的深红色友禅染花纹从二人眼前一晃而过，颜色很美，他们就像看到了微暗墙壁上贴的锦绘；于是带着满车春光的车篷就在二人眼前晃晃悠悠，久久未散。

阿稔说完那句就没再说话了。沉默的男人现在整个心飘进了怎样的梦里，阿稔边想边默默走着。

五

有位老师对义男、阿稔恩重如山，四月末的一个清晨传来消息，说老师的夫人过世了。

义男穿上唯一那套西装出门后，阿稔预先计算了一下从仲町买衣服的开支，也知道怎么也弄不到那笔钱，除了去小石川的朋友那里没有别的法子了。阿稔一边想着要找个好借口，一边出门了。

朋友家的篱笆旁有一排正盛放的樱花树，树枝垂向路面，仿佛在昭示着主人家的富裕。阿稔在主人家的会客室和久违的朋友打了照面。借衣服的事她怎么也说不出口。如果孤身一人，借衣服倒是能说得出口，有家庭了，考虑到丈夫的面子，就不能让人说那么寒酸了，这种想法在阿稔的脑海里盘旋着。

聪明的朋友故作坦诚地微笑着，似乎觉得把人往坏处想不是女性该有的良好素养，她拿出了一套带有家徽的和服，那样子好像真的信了阿稔是帮其他朋友借的。

"葬礼上要穿黑色的衣服，不巧我没有黑色的。"朋友拿出的家徽和服是浅豆沙色的，下摆绣着小蝴蝶。

葬礼那天下了雨，阿稔带着玉兰花从吾妻桥的渡口上了船。船离岸时，随着心里那缓缓滑动的感觉，阿稔脑海里追忆起了六七年前。她从船上看到了充满回忆的堤岸。茶馆苇帘湿答答的，透着寥落感，宛如一幅樱花时节雨中土堤不可或缺的背景。如梳子划痕般细密的雨脚从土堤向河面轻轻横斜掠过。阿稔的视线再次笔直地落到了河面上，船被水浪拍打着前进。自己的青春不知什么时候一点点浸入了这河水的波纹中，水面上映着她的悲伤。年轻时阿稔陷入神思游离状时，曾有水珠从岸边的樱花上滴到她脸上，这些樱花现在还是像过去那样开着。阿稔觉得，那是樱花又在骗取谁人青春思绪的残酷笑影，这也让她怨恨。

从言问[1]上岸后，如同过去的眼泪从脸颊滑落一般，樱花上的水珠滴在阿稔的伞上发出声响后落下。阿稔在土堤上遇见了去往同一目的地的两三个老熟人，她进师父家门的时间比和义男约定的要晚。

进到屋子里，嘈杂的人声在雨中的屋檐下湿闷地回荡着。阿稔从外面看到障子门都打开着，穿着黑色和服、条纹和服的人聚在一起，他们和服的下摆垂到了檐廊外边。后面的格子门里面满地是客人拖下的沾着泥的木屐。阿稔在厨房找到了过去相熟的老婢女，把玉兰花交给了她，然后进了入口处的房间，在角落里轻轻坐了下来。很多女人在这里抱着师母丢下的还很小的孩子们，爱怜着，说着吊唁的话。大女儿也在其中，看着人们从障子门进进出出。阿稔过去是大女儿的玩伴，陪她玩沙包和踢球。姑娘眼睛红肿，看到多年未见的阿稔，她苍白的脸上挤出笑容，打了个招呼。阿稔的眼睛却无法从她身上移开。

---

1 东京都墨田区向岛、隅田川东岸地区的旧称。

"这孩子学你学得很像。"

师父笑着对阿稔这样说，那时候她才四岁左右，学阿稔平时那样，拿着包袱，装模作样地鞠了一躬，说："我是阿稔姐哟。"大家被逗笑了。

这孩子从小笑的时候，高鼻梁的上方就会向两边皱出几条纹来。阿稔看到这孩子长得这么高了，不禁反复回想这短短的时间里自己的变化，觉得人生短暂。

"喂。"

阿稔听到有人这么叫便回过头去，她看到义男站在檐廊下用下巴招呼她过去。她走到他身边，义男小声说："过会儿去神社借香奠来吧。"

"多少钱？"

"五块钱。"

二人边笑边交谈着，很快就分开了。阿稔出去后到处找师父的身影，中途在微暗的内廊下终于碰到了师父。透过那片连脸都看不清的昏暗，阿稔听到了师父饱含泪水的声音。

"你最近身体还好吗？"

师父在阿稔即将和他分别的时候这样问道。阿稔觉得好像见到了过去师父脆弱的样子一样，泪流不止，哽咽难语。

六

那一夜阿稔失眠了。心里有一堆回忆的线，色彩交错，乱成一团。某年春天师父送的西洋紫罗兰的花香萦绕着阿稔的回忆，怀旧的热血沸腾了起来。

离开让人怀念的师父已经多少年了？想到这里，阿稔数了数。离开师父已经五年了。离享受师父的慈爱，一心追随师父已经过去八年岁月了。那时候阿稔的生命，完全逃不出师父那双历经世事、眼神锐利的小眼睛。阿稔曾深信离开师父，她的心便没了归宿；于是每天乘船来往于向岛的阿稔，在去与归的途中都会站在渡口的栈桥上，往平静的河水里滴下一滴思绪的热血。

她曾那般仰慕师父，却也有要忤逆他心意的一天。那时候阿稔渐渐认识到真正的生活必须要考虑实际的生存。因为那个时候，她再也不能每天进入师父的书斋，闻着旧樟脑的味道，整天快乐玩耍了。师父的慈爱一时麻痹了自己想要真正活着的想法，那个时候她甚至开始痛恨这点。阿稔觉得如果不从师父身边离开，自己眼前就不会展开新征途，于是她离开了恩慈深厚的师父，可尽管离开了很久，之后却没能找到一份体现她意识觉醒的新工作。很多时候阿稔想到从前自己被师父的慈爱包围着，便不禁泪湿衣襟。

如今阿稔时常受到社会打击，她心里几乎每天都会想起那不成熟的过去，曾经因为坚定地相信一个人而心无旁骛的过去。

今夜那种想法更强烈了。阿稔总想起今天师父在夫人棺前听着诵经时右手掩面哭到不能自已的样子。义男今晚去守灵没有回来。

"那件家纹和服是怎么回事？"

早一步从葬礼回来的义男等阿稔一进门马上问道。今天葬礼会场上只有义男一个人穿着显眼的条纹西装，阿稔想到这里，笑笑没说话。

"借的吗？"

阿稔点头，义男看着她，两人都一副难为情的样子。在这样的场合，彼此却连一套礼服都没有，这在一群人聚过之后感受特别明显。

"你的打扮让我很难堪。"

"有什么关系，只要你打扮好就行。"

义男这样说了之后，又注意看了一眼阿稔借来的衣服。义男问是从哪里借来的，阿稔却没说是跟小石川借的。因为她觉得，如果说了她向以前学校的朋友做了这么丢脸的事情，义男可能会觉得很不快。有个商人像走亲戚一样经常去他们家，阿稔说出了那个商人的名字，说是从那里辗转借来的。

然后阿稔想到义男的朋友，听说一直手头很紧，他的妻子却打扮得好好的，不由得一副吃惊的表情。她对义男说：

"看上去你的朋友里面没有像我俩手头这么紧的。"

"可能是吧。"

义男说着脱下了身上的西装，然后把裤脚翻来覆去地看了一下说："这也成这样了。"说着给阿稔看了一下磨坏的地方。这套春秋穿的西装，义男在严冬酷夏时也得穿。阿稔想到每次一有什么事，义男都会穿这套肩很宽的西装出席，今天她没办法像平时习惯了那样，用一种冷嘲来否认自身的贫穷。阿稔的眼里噙满了泪水，她的心渐渐习惯了悲惨的光景，她真正从心底感受到了他们的贫穷。

"真可怜。"

阿稔别过脸去，自己也换下和服这么说道。阿稔想，不得不在他人面前暴露自己身陷窘境时，他们两人间不知不觉就又有了那种紧紧携手的亲密感。

"要想办法给你置点东西。"

义男说着就去泡澡了。一个人的时候，阿稔的眼前就一点点浮现出今天送葬队伍的样子。长长的送葬队伍走在樱花土堤上的时候，好几次遇到戴着假面在泥泞中边舞边走的赏花人。一个醉汉目送着送葬队伍，正好在阿稔坐的车子旁边小声说："大家好热闹啊。"阿稔想起这些事来，打算在义男回来时说给他听。阿稔看着聚在灵柩前丧母的小人儿们哭得呼天抢地，却不再感到悲伤。

七

终于到了阿稔喜欢的白百合的花季，可以不断地把它们插在房间的壁龛或者书箱上之类的地方。义男休息的日子，他们还会牵着小狗到王子[1]远足，眺望绿油油的稻田。把小狗扔到红叶寺后面的溪流里给它洗澡，两人身上也沾了肥皂沫。枫叶的嫩绿和阳光交织映照，把溪流变成了琼脂色。两人用锁把湿透的小狗拴在茶馆的柱子上，欣赏着眼前仿佛抬脚就能踩到的整片青枫，过了半日。路上有一栋房子像是某家的别邸，浅灰色西洋建筑被柏树围住，建筑的二楼看上去像是房子侧面，义男站在房子前，抬头看着它说："什么都可以不要，但是至少想盖一个理想的家。"阿稔开始频繁地摆弄自己的头发也是在那个时候。她养成了每隔一天就要去池之端[2]的梳头匠那里梳头的习惯。阿稔小橱柜的小抽屉里有好几条沾了梳头油的绯红扎染发带。

即便在这样的日子里，男人那木愣愣的铁石心肠和女

1　东京都北区的地名。
2　现东京都台东区的地名。

人那层次分明的柔软内心感觉还是不一样，互相伤害的争吵依旧源源不断。只在这个女人面前不服输的男人的虚荣和只在这个男人面前不服输的女人的倔强，让他们总是因为一点鸡毛蒜皮的事就争执起来，两人不吵到动手不罢休的日子很常见。他们对阿稔看的书有不同见解的时候，哪怕是夜里两三点，也会争论，声音大到在大马路上都能听到。终于停嘴的阿稔开始用她那像怜悯又像嘲讽的目光盯着义男窄小的额头看，义男马上红了眼："别说那些自大的话了，你能干什么？"表情像工地工人在说别人坏话时要啐人唾沫一样。这种话当场就会激起阿稔的情绪。每当阿稔想通过别人来证明这个男人在知识上逊自己一筹时，她就会为自己的孤立无援感到可悲，然后她说："你再说一遍试试。"马上伸出手猛推义男的肩。

"我还多说几遍呢！我说你没用，你知道点什么？"

"为什么？凭什么？"

到了这个份上，不被男人打得不能动弹，阿稔是不会住嘴的。

"明明是你不对，你为什么不道歉，为什么不道歉？！"

阿稔朝着义男的头扬起手，硬要让他低头，但却遭了男人的毒手。

"你迟早要残疾。"

第二天义男看着阿稔身上到处留下的伤这样说。紧紧抓着她时，那种想要把女人柔软的身体撕碎一样的残忍，事后像梦一样在义男的心里反复回放。

那天白天下了小雨。阿稔一早洗了很多衣服，身子很累，感觉像是身上压了块板子动弹不得。烟一样柔软的白云好几次从屋檐附近飘过去，像是在偷窥阿稔的心事。阳光穿过初夏湿润的空气，阿稔站在檐廊下，她的眼前像是在下彩色玻璃雨一样美。这天早上总让人觉得闷热。阿稔穿着哗叽布，出汗的肌肤感到刺痒难受。

到了下午落了雨。阿稔把晒的衣服拿到了檐廊下，然后又站在檐廊上看雨中的小院子。在这个三坪[1]左右的院子里，只有去年夏天义男种的紫阳花占了正中的位置。两三棵黄杨树开满了冰雹一样细小的白花，在角落里非常可爱。一年间紫阳花蔓延生长，占了院子最多的地方。除此之外什么也没有了。轻柔的雨不时打在紫阳花的叶子上，发出声响。阿稔听到这种声音突然觉得怀念，出神地看着落在叶子上的雨。

义男回家的时候雨已经停了。阿稔看着义男回来后的样子，发觉他心里藏着事。

1　日本计算土地或建筑物的面积单位，1 坪约为 3.3 平方米。

"喂，你打算怎么办？"

当阿稔若无其事地准备收拾晚饭桌时，义男开口道。

"为什么你一直不着手之前说的工作，你不打算做了吗？"

听了这话，阿稔忽然想起这事来。

就在一个礼拜前，义男工作回来后给阿稔看了剪报，说："你工作的事有眉目了。"那是某份地方报纸，上面有悬赏征文的广告。义男知道阿稔之前写过东西，建议她再按规定的篇幅添点内容，这样送去比较好。

"如果被选中的话，我们就能稍微喘一口气了。"

义男说道。但是阿稔只是敷衍了过去，到今天也没着手；而且义男找到那份工作的时候，时间已经迫近截止日期了，阿稔觉得在那短短的时间内写不出自己想写的东西。

"你为什么不写？"义男噘着嘴这样逼问阿稔。

"我不喜欢做那种像赌博一样的事情，所以才没写。"

义男看到阿稔脸上出现了那种惯有的高傲神色。

义男想通过那万分之一的侥幸，摆脱自己经济上的苦恼，阿稔对此感到不快。这个男人不懂得让女人享受艺术，只知道把女人的艺术往赌博一样的方向引导，让她工作，一想到这点阿稔就觉得生气。

"我没有可以写那种东西的粗糙文笔。"阿稔又说。

"别自命不凡了。"义男大声斥责道。面对女人的傲慢，义男的侮辱总是这句"别自命不凡了"。阿稔讨厌这句话。阿稔注视着义男，脸色变得惨白。

"你怎么说的？你不是说要工作吗？不是说要为了我工作吗？现在又是怎么回事？"

"我没说不工作，只是我一直以来惜墨如金，没想过要把珍贵的文笔用在这样的地方。如果随便什么工作你都叫我做的话，那你怎么不去电话交换局工作。我不想把我的笔用在那种赌博一样的事情上。"

义男突然把手边的烟灰缸扔向了阿稔。

"你一点也不懂要爱我们的生活。讨厌就别干了，那种借口算什么？当着丈夫的面找那种借口算什么？"义男说着站起来。

"如果是那种生活的话，就让一切都毁灭吧。"

义男把脚边的饭桌踢翻，往阿稔这边来了。阿稔从未像那一刻那样预感到男人的粗暴有多可怕。义男逼近。"你做什么？"阿稔叫道。她尖细透明的声音袭入义男怒气汹涌的胸膛，这时她将所有力气都集中到双臂上，推开了义男的身体；然后阿稔从厨房门口跑到了外面去，这是她第一次感觉自己能够逃脱这个男人的魔爪。

外面薄暮的光亮还没有完全消失，天呈铜灰色。接下来更深的黑暗会包围整座墓地，阿稔一直站在那黄昏的暗影中。那种深入骨髓的孤独感不知从何处聚到阿稔的耳边，也传来了像是障子门和隔扇被踢破似的刺耳声响。

阿稔感觉其中还夹杂着女人尖细的叫声，好像是自己的声音。她身体里的血液还在沸腾动荡着，有时那血液会在某处的血管里激烈地翻涌，然而阿稔以一种一点点梳理自己心绪的心境，在头顶压来的黑暗力量之下，低头思考了一会儿；然后在她那明镜一般清晰的头脑中，回荡着义男那句"你一点也不懂要爱我们的生活"，她感到五味杂陈。

阿稔是个完全不爱男人的生活的女人。

而义男也一点不懂怎么爱女人的艺术。

阿稔为了今后和这个男人在一起的贫穷生活，连不愿意进的当铺也进了，义男却不懂得为女人热爱的艺术买上一本新书。义男为了不让女人伤了自己渺小的傲气，甚至还在女人为了学得新知识而努力的时候故意羞辱她。义男不懂给女人憧憬新艺术的心锦上添花，只是通过女人的手来弥补自己能力不够造成的物质匮乏，他只是一个满足于此的男人，阿稔在心里反复盘算着这件事。

"如果要说我不爱你的生活，就必须说你不爱我的艺术。"想到刚刚对义男说的话，阿稔的眼里简直要渗出血来。

女人不懂得爱男人的生活，男人不懂得爱女人的艺术，这样的两个人到底不是一路的。对义男而言，不爱自己的生活的女人也许是没有意义的。每天出门义男的金属扣小钱包里装的钱从来不过两三个银币。阿稔看在眼里却可以装作视而不见，对义男而言，他也许无法想象这就是自己要携手一生的人。

"两人还是要分手啊。"阿稔这样想着迈开了步子。眼眸深处凝结的眼泪第一次融化，流了出来，顺着她的脸颊不断下滑。

阿稔走着，黑暗从前后左右向她袭来，让她觉得无法动弹。成群的蚊子围着她的脸发出微弱的声音。她回过头去，黑暗中四处立着的墓碑顶部晃动着幽深的幻影，仿佛正蠕动着向她这边靠过来。阿稔意识到只有自己一个人留在这寂寞的黑暗里，于是快步朝墓地的围墙外走去。

在那附近转悠的梅发现了阿稔的身影，跑到阿稔面前，仰着头，抖了抖身体，摇摇尾巴，直立了起来。阿稔突然看到这只小狗，感觉世界上唯一在乎自己的就是它，她忍不住抱住了它，就像抓住了那唯一的影子。

"谢谢。"阿稔对着小狗说完后，眼里又溢出了泪水。她有生以来第一次体会到哭着走在外面的滋味，她用右手的袖子边擦脸边往家里走。

八

阿稔站在外面窥探了一会儿家里的情况才进去。她打开客室的灯环视了一圈，那里只有义男刚刚扔的烟灰缸撒出的烟灰，以及被踢翻的饭桌掉落的东西，脏兮兮一片狼藉，并不见义男。过了一会儿，在阿稔打扫房间里的污秽的时候，二楼传来沉闷的声响，像是有人在翻身，阿稔心想义男正在二楼睡觉。这时她心头浮现出义男的样子，下巴瘦削，脖子像小孩子的一样细，脸和头埋在双臂之间，双臂交叉于头顶，直接睡在榻榻米上面。

在这样的义男面前，阿稔的心已经溃不成军。义男所希望的"工作"，不过是让自己动动笔，如果这能成为一件让义男开心的事，那确实是份毫不费事儿的工作，女人那种安逸心理又让她回心转意了。

长久以来苟延残喘着生活，直到今天还一无所有，阿稔的心不知何时已经变得怯弱，且显出疲惫。不论她怎样鼓起十足的劲头儿，它们也都像拂晓的星星似的很快便消失了。还是只能依赖义男的怜悯去生活，这种毫无指望的悲哀最终让阿稔以一种旁观者的态度把自己的身体拖到了义男面前。

第二天起，阿稔就每天坐在桌前，开始写一个打了一半草稿的故事。她常常觉得厌倦，不知多少次想放弃，鼓不起一点干劲儿。

阿稔收在桌子里到今天都没写完的作品，是她不满意的作品。阿稔深刻感受到自己的艺术一旦进入某个领域，就会染上那个领域的习惯，且摆脱不掉，终于只能写到一半投笔了；所以她打算在继续后半部分之前，必须先试着修改前半部分。阿稔忠于自己艺术的心，使她无法让自己陷入一种愚弄别人的想法中，也就是说她做不到把丢在一边的作品就那样原封不动地拿到大庭广众之下。她一直都在改作品前半部分。

"你要做什么，要做到什么时候？"义男发现后马上这样说道，然后来到阿稔身边。

"怎么也不行，我放弃了。"

"不行也没关系，先做。"

"我果然还是不行。"阿稔说着将自己面前的稿纸揉成一团。

"这种事情其实不看作品好坏，只凭你的运气。即便是作品不行，只要运气好就能成，所以先完成吧。你磨磨蹭蹭的就来不及了。"义男从阿稔手里没收了她正在修改的前半部分。阿稔看了，望着义男的脸，眼里明显一副"只要写就行吗"的意思。不知为何她心底渐渐产生了一种自暴自弃的情绪，那种只要把义男强迫她写的东西写好，然后扔到义男面前就可以了的自暴自弃的情绪。

"我如果就是不写，你要怎么办？"

"不存在写不出来的事情，写吧。"

"我写不出来。我不喜欢。"

"没有那回事，你就唰唰快写吧。"

"我不喜欢，不想写。"

"坏毛病。有说这些的工夫都能写两三页了。"义男数了数日子，离规定的篇幅还差二百多页，可时间只剩下不到二十天。这个做什么事都没办法一鼓作气、光是嘴会说的女人让他恼火，他觉得妻子就像炒豆子时会蹦起来把人脸弹得生疼的豆子。

"你真是个没用的女人。停下，停下。"义男说着把他没收的原稿从书箱中拿出来，在阿稔面前扔得一地都是。阿稔那俯视的眼睛里出现了平时没有的寒光。

"停下了然后怎么办？"阿稔右手撑着头靠在桌子上斜视着男人的脸。义男苍白的脸上像有电流通过，眼睛眨动，面部肌肉抽搐，嘴唇颤抖，整张脸扭作一团。

"只能分开了。"义男说道，那语气仿佛将阿稔猛地推开一般。看清了阿稔什么也做不了，义男马上感觉到了肩上有明显的重担。在义男看来，维系二人的不是依恋，而是能力。自己欠缺的能力如果另一半的女人也没有，就不想和她在一起了。他认为女人的重担，尤其是像阿稔这样非常任性的女人的重担，如果都要自己来扛的话，他的身体会逐渐陷入人世的泥沼中。义男必须要舍弃这个女人了——这种时候义男总能让阿稔看到强烈的抵触情绪。他当场就让阿稔清楚地意识到她迟早得离开这个家的苗头，其中不夹杂一点对阿稔独有的、为她着想的感情。

"没法子，我写。"阿稔的眼里已经有了眼泪，然后她把散乱的原稿都理齐了。

九

阿稔一个劲儿地拼命写。很多时候，男人的眼睛都盯在她的桌前，像在鞭策她一样。阿稔惧怕那双眼睛，狂猛地写着。她把灯和桌子搬到帐子里面，一时间像死了一样躺倒，然后又突然爬起来写。从早到晚，挪到各处躲着照进家里的夏日阳光，她走到角落的墙边，在墙上猛地撞自己的头，然后又开始写。

阿稔在截止日期当天的下午写完了。义男替她写上名字，把稿子包起来，拿去了邮局。汗水浸透了阿稔身上那袭淡蓝色的浴衣，她用浴衣袖子擦着脸，回想了下这十几天来的自己。被男人逼着去写，笔下一点也看不到自己想象中那美丽艺术的影子，有的只是害怕男人惩罚的蛮力。在那种非艺术的蛮力下，自己的笔能写出什么来呢？想到这些，阿稔就不由感到失望。

八月中旬的一天早上，报纸上的一条报道忽然攫住了阿稔的心。

义男出去工作之后，她也锁上家门出去了，来到大路上，又从那里坐上了开往江户川的电车。

牛达的一条狭窄街道被炎阳晒得发白，阿稔穿着褪色的明石薄绉绸单层和服，撑着洋布伞，在这条小街上迷了路。铺满小石子的路非常难走，木屐容易陷进去。这时候阿稔感到心悸，腋下出了很多汗。地面的热气冒进阿稔的和服下摆，炎热的阳光在头顶上强烈照射着，阿稔薄薄的皮肤感到火辣辣的。她的脸红得像着了火似的。在桥的拐角处有个巡逻岗亭，阿稔在那里打听了"清月"这个出租会场，然后从那里沿着江户川拐过弯去。"清月"就在那条街的右边。这是座老房子，构造让人觉得或许原来是座旗本宅邸[1]。阿稔站在台阶板上，跟从里面出来的女佣们打听小山这个人。

很快阿稔就被引见到了里面。房间大而空落，阿稔背对着院子，等着即将见面的人出来。这座房子尽管到处都是

1　日本江户时代将军的直属家臣旗本的宅邸，属于幕府，非个人所有，会因居住者职务变动而时常改建。

敞开着的，却毫不透风。红色榻榻米的角角落落潜伏着炎热和安静，仿佛一切都为白天的炎热屏住了呼吸一般。阿稔用手揩着脸，不停地扇着扇子。

一个矮小的男人提着烟具盘从里面出来，坐在了阿稔面前，有着长睫毛黑瞳孔的眼睛仿佛因为午睡的关系，可爱地微肿着。他说话时嘴角有一星唾沫，这习惯看着很像大阪人，他一笑满脸都是女人态的娇羞。

小山之前没有听说过阿稔，但是他认识义男。他手里摆弄着阿稔的名片，和她聊了起来。

小山从他们筹办的剧团开始说起，然后滔滔不绝地讲了之前在一个组织者的组织下，有一次演出遭到了观众的误解，不太理想，但是这次演出的第二场在酒井和行田的帮助下举办得很有艺术氛围。女演员选的全是一些品行好的。他的一口大阪话让炎热的空气有了一种混沌感，软绵绵的语调催人欲睡。

谈话间，小山脸上的表情仿佛在说，阿稔是有点儿懂行的，他有时候会借着阿稔的话往下说。

"您这么有热情的话，容我和酒井先生、行田先生商量一下，然后再回复您。虽然我觉得没问题，但是也不能全凭我一己之见，我之后再给您写明信片吧。"

于是阿稔就辞别小山出去了。

家里一个人都没有，只有节日的灯笼孤零零地在屋檐的阴影下摇晃着，阿稔看着灯笼走进家门的时候，太阳已经西斜了。她连被汗濡湿的和服都没脱，就在大敞着的房间正中坐下想着什么。

到了晚上，阿稔和义男出门去参拜一个在举办祭典活动的神社。小巷一边是墓地，巷子里星星点点的红色灯笼散发着朦胧的光，好像把大路上的热闹也分了一点来。在那光影里，有些家门前站着穿白色浴衣的女子，妖媚地摆着袖子。来到大街上，平时冷冷清清的近郊小镇呈现出一个生机盎然的新世界，夜市灯火通明，人群摩肩接踵让人应接不暇。

两人被推着挤着进了神社。小摊上的红色漆碗里盛了满满的红豆小圆子汤，从摊前往旁边一拐，便来到了杂耍棚前，一个四十岁左右的黑皮肤女人撸起袖子，在那里大声招呼着客人。阿稔站到可升降的幕前往里瞅了一眼，看到两个年轻女子上半身穿着无袖上衣，好像在唱着净琉璃[1]。其中一个女子美得让人眼前一亮。她从微暗的戏棚中不时向人群这边抛来眼神，美目流转，千娇百媚。白粉像没有光泽的白色颜料，把肌肤涂得雪白，胸口的白调和了华丽的友禅和服浓艳的色彩，使得这个女子显得更加美丽。她鼻梁笔直，有

1　日本一种传统的以讲故事为主的说唱艺术。

一张樱桃小嘴。

"真是个美人。"

"那就是天鹅颈吧。"

义男也笑着瞅了一眼。

上面的招牌上，有一幅女子画像，画像中的女子梳着岛田髻[1]，穿着无袖上衣，那柔柔弱弱的脖颈好像要从身上掉下来一般，眼睛仿佛在俯视众人。义男喜欢这种下等女艺人的脂粉气。他迈开了步子，但心仍被那个女子牵动着。

二人转到山崖上的茶馆前来，从这里可以远眺三河岛一带。家家户户四周都挂着苇帘，屋檐下悬着红纸灯笼，汽水的玻璃瓶和被搅拌过的冰块上映着灯的颜色。义男在那里买了炒栗子，他们站在下山崖的路口，一边吃着栗子一边眺望着黑如深海的三河岛一带。神社里正在举行祭典，不停有人从下面来，从二人身边经过，进到神社里去。

"我有事和你商量。"阿稔说着不顾神社内的混乱准备从山崖上下去了。

"什么事？"

"我打算再去演戏。"

"你吗？咦？"

---

1 日本女性发型之一，多见于未婚妙龄女子，艺伎或花柳界的游女也经常梳。

二人从山崖下来，穿过道口，向日暮里的方向走去。阿稔边走边说出了自己想进酒井和行田准备筹办的新剧团的事。义男原来就认识行田。他是个刚从国外回来的新剧本家，写的一幕戏已确定上演，苦于找不到合适的演员出演那个难度很大的女主人公，阿稔对小山白天说的这件事抱着希望；但是她没说那么多，只是问义男她可不可以登台演戏。义男边吃栗子边沉默地走着。

还没结婚的时候，阿稔兴奋不已地说要当女演员的事情义男是知道的，但是他不知道这个女人有多少演技。那时候阿稔曾进过某个剧团演了某个角色，但是却没怎么听别人说起过，从这点来看，不像是有多少舞台技巧的样子；并且义男觉得阿稔的容貌是那种即便登台应该也不会很突出的。义男看惯了外国女演员，而阿稔一张扁平脸，相貌比普通人还不如，她要登台这件事，只让他觉得太过轻率了。

"事到如今你为什么会考虑这件事呢？"义男嚼着栗子问道。

"我很早就考虑了，只是没有好的机会，所以才一直按兵不动。"

义男怀疑阿稔在舞台上的实力，所以始终不肯点头。

"为什么不行？"阿稔已经是极力反驳的语气。

义男赤裸着身体躺在檐廊下抽烟。阿稔猛地坐到他面前，看着他犹豫不决的样子。

"生活不是那么容易的。"义男这样说道。他脑海中想着：如果阿稔有演戏的本领，这个工作可以带来丰厚的报酬倒是好；但是，踏进一个完全摸不着方向的领域，结果不知会如何，不知会让他们的生活向何处发生怎样的转变。想到这些，义男觉得这份新工作反而成了负担；而且自己每天上班的小社会的那群人里，如果谁的狐朋狗友看到他舞台上不好看又演技拙劣的老婆，对义男来说将是种耻辱。义男觉得阿稔有工夫想那种事，还不如找个普通收入的工作来帮助自己，这样才更令他满意。

这女人不考虑生活的事情，心里整天想着在艺术的世界中嬉戏，不知何时又让义男生厌起来。

"你就默默地写东西不就好了吗？"

"写什么呢？"

"找个写东西的工作。"

"我怎么想我在文艺方面都是得不到公众认可的。这次遇到了好机会，正好就再次从演艺方向出发。我有自信，而且如果酒井先生和行田先生负责舞台管理的话，一定可以的。"阿稔眼睛发光地说道。其实写作方面，阿稔自己已经没了热情。通过最近的工作她自己也知道了。阿稔自许要韬光养晦，在文笔方面一点点孕育新生命，但是这在最近的工作中一点都没体现出来，回想起这些，她自己都觉得厌倦了，但是她却没对义男这么说。要说为什么，因为当初阿稔对着义男说，不想把珍贵的文笔用在那种赌博一样的事情上，把他骂了回去。面对自己说过的这些话，她无法在义男面前毫不在乎地讲出这件事。

她对文笔断了念想之后，就只能再次在舞台方面下功夫试了。她在报纸上看到了新剧团招募女演员的报道，这对当前处境下的阿稔来说可谓是及时雨。

"我觉得你是能写的人，所以如果能从那个方面贴补生活不是很好吗？而且演戏这种事，首先来说，你的年纪有点大了吧。"

"艺术有年龄限制吗？"

"那也是从艺之人说了算。你接下来不是要做吗？"

"那不就行了，我自己做。从艺不是为了你，工作也不是为了你。这是我自己的艺术。我自己要做的工作，你有什么权利支持或反驳我？就算你说不行，我也还是会做。"这么说完，阿稔的心里燃起久违的欲望之火，觉得要用舞台上的技艺来使这个看低自己的男人屈服。

"你打算怎么筹备为此要准备的钱呢？"

"我自己借债。"

十

小山寄来明信片邀请阿稔加入，不久后通知了对台词的日期。

就这样一天天地，阿稔的新工作有条不紊地开展着，义男看着心里又不是滋味了。阿稔脸上装作不在意的样子，其实眼睛却睁圆盯着不知遥寄何处的希望的影子，有些日子义男在一旁都快看不下去了。

"你要是在舞台上出了洋相，那我决不会再出社会的，你的一个做法可能会毁了一切，你做好这种心理准备吧。"

阿稔听了这话，好像看到了义男那微小的虚荣心，心生厌恶。她想为什么这个男人这么虚伪。想到他一点都不懂得为了她的艺术一起奋斗，她就觉得生气，然后冷淡地看着男人那张平板的小脸。

"那还是分开好吧，这样你就不用为了我蒙羞了。"这种话这次是从女人嘴里说出来的，不过现在的义男已没了先前的硬气。女人要上那样大的舞台，这让他觉得自己对她有了一些肤浅的兴趣。

"只要你有足够的信心就好。"义男说完沉默了。

阿稔在清水见到了酒井和行田。她觉得两人都很面熟。有个博士今后打算振兴戏剧，所以培养了很多剧本方面的学生，酒井也在他那里工作。阿稔看过酒井演的"哈姆雷特"，曾为其新颖的技法陶醉。

酒井鼻目之间虽然有些西洋人的影子，但个子却不高。行田个子高得出奇，总是一副眼中充满智慧的样子；即便是笑，那笑里也带着一种经过深思熟虑似的威严。

正襟危坐的酒井动作敏捷，半弓着身子的行田行动迟缓，他们两人总是并排坐在练功房的角落里。

前面提到的小山总是用自己那双睫毛很长、妩媚娇羞的眼睛四处打量，小巧的身体不停地跑来跑去。

除了阿稔之外，这里还有两三个女演员，都很年轻漂亮。一个名叫早子，长了一张瘦长脸，闭上眼睛的时候，有种让人印象深刻的阴翳美，而且她是个爱说话的女人。还有一个叫艳子，面部轮廓如贞奴[1]的那般，带着一种高贵美。在她们当中，自然就定了阿稔来演行田笔下那出剧的女主人公。

那个女主人公是一位音乐家家里的侍女长[2]，她意外初尝爱情的滋味之后，从自己一直以来沉溺的艺术世界中走了出来，打算和恋人建立温暖的家庭。这时候，女主人公听恋人的妻子酸溜溜地炫耀了她的家庭生活，就又决心一个人在艺术的世界里孤独终老。就是这样一个

1　川上贞奴（1871—1946），日本明治至昭和年间的著名艺伎。
2　在武家或贵族家里，担任侍女头目，负责管理的年长女性。

故事。

其他演员都笑这个剧本。所谓的其他演员，就是从普通的三流演员中挖来的有演技的一群人。剧团定了其中约两名男演员来演这个剧中出现的人物。剧本中频繁出现很多晦涩的词语，起初他们无法透彻理解，非常头疼，只能苦笑。

阿稔开始频繁去练习已是初秋时分了，凉凉的雨下个不停。有的日子，雨会浇进"清月"的檐廊，烂醉如泥、只穿了一件单衣的演员们只能站在那里，抱怨秋日天凉。

阿稔一大早就来到"清月"，一个人在那里念台词，有的时候酒井穿着湿了的外套缩着脖子进来。他们互相打招呼的气息在寒冷的空气中凝固，很多个早晨都是这样。

行田和酒井总是在早上约好的集合时间之前来，然后在偷懒的演员们到齐之前，两人就无所事事的，几乎每日都如此。两人很在乎艺术氛围，演员们却像流浪艺人一样放荡不羁，他们之间总是矛盾不断。酒井相当生气，有时直接批评那些演员不想改掉身上流浪艺人习气的想法。酒井翻译的喜剧全都由这些良莠不齐的演员来演。他们也不集中练习，酒井就一个人干着急，说："这样完全没法成艺术品啊，这样各行其是是不行的。"

但是靠演戏为生的这群人，明显很反感酒井教他们一句句念台词。他们总是双手揣在袖子里，以此来表达无言的反抗，面对酒井的训斥经常不给好脸色。

"我们有约在先，即便有一些不尽如你们意的地方，也要统一行动，否则我们很难做。大家觉得怎么样，也没有多少日子了，大家能不能拧成一股绳努力记台词呢？"有的时候坐在酒井旁边的小山会这样说，撇撇嘴看着对面聚在一起的演员们。

在这群人中，所有女演员得到的评价都很好。她们都愿听从舞台指挥的话勤奋练习。

酒井说："这次是女演员第一次演重要角色，所以希望大家能下定决心展现自己精湛的演技。这个新剧团的命运就靠女演员的演技了，希望你们能抱着这样的想法好好演。同样我们也希望通过这次的演出，让大家意识到女演员也不可小觑。"他这么好好地恭维了女演员们一番。

阿稔身处其中，她一直以来的坏毛病又犯了。她觉得自己的气质无法融入这群演员，这让她不再执着于戏剧。阿稔已经开始讨厌演戏了，而且渐渐地，努力降低自己去迎合这群演员的低级趣味，也让她感到疲惫。阿稔回想这段时间在"清月"的自己，脑海里出现了一个没有教养的轻浮女子的形象。

还有一件她不喜欢的事情。

有个在剧中演配角的女演员叫録[1]子，年纪比阿稔大，是从老演员中挑出来的。她是个大眼睛、高鼻梁、天生一张演员脸的美女。阿稔和録子在一起的时候，总是能觉察到这个女子的圆滑，这让她感到压抑，心里痛苦沮丧。録子那种既能做演员也能当艺伎的圆滑、强势与坚持己见，让她面对谁都能不卑不亢，先发制人。对此阿稔选择退避三舍。渐渐地，作为配角的録子开始毫不客气地对阿稔的做功提要求，阿稔尽管感觉到了自己艺术的影响力，但是还做不到去反驳録子。

　　阿稔小时候，自从上小学后，不管是几年级，同级中总有一两个欺负她的学生。有段时间，阿稔每天早上都会带东西给那个学生，想要讨好对方。那段时间她讨厌上学到了极点。对这个録子的感觉就和那时候很像。

　　録子演的是女主人公恋人的夫人。行田和酒井都说"这真是难办"，録子习惯了旧式戏剧，不动脑子，这点让他们很棘手，但是她自己却一副满不在乎的样子，而且演起来还很拼命。阿稔最终敌不过録子，于是跟行田说了弃演的事，当时还哭了。

　　"你这么敏感可不行，你现在不演的话，我们很为难

1　同"录"，此处作为人名保留了繁体写法。

啊。"不善言辞的行田重复着同一句话。他把酒井带来了，酒井在柱子边略微欠身道："你这么说就没办法再演了，请再忍耐一下。我们一直都很欣赏你的演技，希望你能再发奋一下，就当是为了我们。现在我的学校有个女生在演，我也跟她说了你的演技。希望你能重新考虑。"酒井非常圆滑地劝解了阿稔。

但是阿稔怎么都觉得厌倦了。

她已经无法认可这个剧团的影响力，同时，她觉得自己高雅的艺术气质在这样的境地受到了践踏，那种无论怎样都觉得厌恶的高傲感越来越强烈，她没有要听从任何人的想法。阿稔带着明天不去练习的决心回了家。

但是阿稔眼前马上就出现了她的"精神支柱"义男。她想，如果跟他说这件事的话，他肯定会更加激烈地批评自己只会耍嘴上功夫，其实是个一事无成的没用女人，他肯定会侮辱自己。

可也只能跟义男坦白了。

"还是不做的好。"义男简单地说道。义男对阿稔的看法和阿稔想象的完全一致。

"我已经无处可去了。"阿稔说道，她仰着脸，表情沮丧。

十一

从另一个角度考虑，阿稔的做法是毫无责任心地在给别人添麻烦。不去还是不行的。

一开始义男这样对阿稔说："是你自己申请加入的，现在又自作主张不演，这太不讲道义了。如果你确实很不喜欢的话，我替你来拒绝吧。"

于是义男去剧团办公室请假了。剧团的理事和行田把义男围住，央求他让阿稔来工作。

剧团要找代替阿稔的女演员也许不难，但是让新演员去练习这样难度的角色，时间肯定来不及。开演的日子逼近了，考虑到经营上的损失，小山无论如何都要阿稔来工作。行田也给义男写了长信。

"这么做实在有失体面，你还是将就着去的好，不然我也麻烦。"义男说道。阿稔的温吞性格让他厌烦，她总是把活物折磨到半死然后丢弃不管，这时想要离开这个女人的想法又在他眼底闪现。过了两三天，阿稔又开始去"清月"了。

大家对阿稔的演技评价不差，都赞赏她先锋新颖的表演方式；但是与此同时，谁看了阿稔，都明显感觉她容貌平平，没有站上舞台去的资格。

注重演技的剧评甚至称赞阿稔的演艺首次开拓了女演员的生命，但是单以戏剧常规标准来分析的剧评，就对阿稔没有好话，甚至有人说她姿态庸俗，贬低她像妓女。阿稔长得是真不好看，非要挑的话，也就眼睛稍微能看一点，其他的地方连普通的女子也不如。

阿稔很清楚自己相貌不佳。她忽视这点也要登台，只是出于对艺术的热爱。那股热爱像火一样燃烧着，它的力量引导着阿稔勇敢向前；但是女演员，也就是登台的女子，必须得有一定姿色才行。

女人即便是有金刚一般坚不可摧的艺术表现力，没有花容月貌，也无法获得平衡的魅力，所以阿稔的表演受到了一方面的批评。

可以明显看出，这也让阿稔陷入了失望的深渊。有一天演出结束后，阿稔提着伞走到雨后的池边。义男和她一起，那天晚上他也坐在观众席里看她演出。

阿稔从未像那一刻那样觉得对不起义男。自从演出开始后，义男每天晚上都来看，而且那双小眼睛，总是战栗不安，旁人的批评没一句能逃过他的耳朵。义男的朋友也有很多来看的。义男在这些人面前看着舞台上难看的女人，还要装作一副若无其事的样子，这对他来说是非常痛苦的。他的理想是拥有这样一个女人：哪怕演技拙劣也无所谓，但一定要有在舞台上能惊艳四座的美貌。为此，义男每天去到那群人之中时，都要不断苦笑，面对这种痛苦的刺激。

义男也累了。两个人的神经都处在悲伤的边缘，在旁人的嘲笑中，这悲伤让他们有种想推开彼此的冲动。

"今晚的怎么样，稍微好一点了吗？"

"今晚的非常好。"

两人这样各说了一句话就走了。在这样走着的时候，阿稔每天晚上在舞台上努力挤着那一滴生命之血，执着于演艺的那种疲惫，渐渐将她卷向了遥远悲伤的境界。阿稔心里对艺术有着美好的向往，但嘲笑声却让她烦恼，也尖锐地刺伤了她那为艺术而燃烧的热情。阿稔看着池边的灯走着，不知什么时候眼中含满了泪水。

"你在演戏方面是真有本事，这次我也真心佩服，不过相貌不行还是有几分吃亏的。你在相貌上吃了很大亏。"义男深有感触地说。义男讨厌当着老婆的面遇着批评她相貌的机会；同时，他也对阿稔制造出机会将一切公之于众感到不满。

"明明可以不做。"义男忍不住这样叨叨。

十二

没过几天，戏剧的上演档期就结束了。最后一晚，天下着雨，阿稔把梳妆台放到车上回了家。在这即将长久分别的杀青之夜，整个剧团的演员们心上都有一种淡淡的忧愁。男演员们把后台用的各种道具或打包，或放进包里，然后一只手提着，另一只手扶着帽檐互相打着招呼。这个剧团解散后，他们不知道又要去哪里讨生活，每个人苍白的脸颊上浮现出流浪的悲伤。这个新剧团没有牢固的基础，到此一切只剩终将灭亡的命运。演员们本带着交好运的打算聚到了一起，又这样自己将机会放走了，明天开始，各自又要想着怎么生活，阿稔在车上注视着演员们分别离去的背影。

演出期间，和阿稔关系最要好的是早子。阿稔和早子一个房间，早子的丈夫是一个演新派下等女伶的演员，经常去她们那里。早子患了病，头一天晚上吐了血，第二天阿稔在一旁看她虚弱无力，好像会那样香消玉殒一般。虽说早子和丈夫每天争吵，但是丈夫一来，她还是会帮他整理假发，给他补妆。这次因为薪资的事情和小山发生争执的也是早子。阿稔无法忘记早子。分别的时候早子说到时候会去玩，却从来没来过阿稔家。

阿稔和义男又回到了从前的日子，在小小的长火盆前面对面，看着早已互相看透的彼此。

不知何时进入了深秋，檐廊下的阳光也渐渐变得温和。

秋天的寂寥全部化为凉风，吹拂着人额前的碎发，谷中[1]的森林总是像隐者一般静静地一动不动。现在森林不知从什么地方开始、以表面看不出的速度一点点剥去了绿色。

二人的生活越来越困苦。转凉之后添置新衣的钱还不知道该怎么筹措。小家庭刚成立那会儿，因为有两人浓浓的爱情色彩的装点，即使是寒碜的家具看上去也很温馨，可事到如今，夫妻异心，只能各自保全自己，天气刚转凉，这空落的房间就让彼此的心更显凄凉。阿稔不喜欢这样，所以就自作主张把书之类的卖了，买来很贵的西洋花到处插着。这种时候，面对阿稔的不知节俭，义男无法装作看不见。

义男一直想着，要下决心结束情侣般的玩乐生活了。想到家乡的父亲，年逾七十还在为了一点零花钱而做町长，义男真的忍不住落泪。义男从来没有给父亲送过一点钱买吃的，义男也在竭尽所能地工作，可是为什么总摆脱不了悲惨又窘迫的感觉呢，他认为这是阿稔的放纵导致的。

义男又提起了过去和妓女出身的女人同居时的事情。当时没有现在收入这么多，但是好歹能过上一般人的生活。义男痛切地咒骂阿稔的放纵。

他还觉得只要离开这个女人，曾丢掉的文坛工作就能

---

1 东京都台东区的地名。

失而复得。因为阿稔拖后腿，自己才没办法大胆步入社会，这给自己带来了不幸。想到这里，义男觉得他要将这个女人赶出家门也是迫不得已的。

"你就不能找点事做帮衬我一下吗？"义男每天都说这话。

阿稔也意识到男人终于要抛弃自己了。

十多年间，阿稔一直憧憬追求着一件事情。她觉得在自己的眼前和遥远的天空之间有一个不明发光体，它总在散发着希望的光芒，牵动着她的心，但是那空中的光芒却总也无法变成火光落到阿稔身上。看出了义男心里的盘算，阿稔仔细审视着弄人的命运。

"对一切都断了念想吧，你没有好运；而且你也太没志气了，你生来就只有安于平凡的生活。"阿稔想到义男说过的话，但是她还是想一直追逐那束光，即便注定最终无法得到，终其一生还是想追逐那一束光，也想将自己生活的意义寄托于那不断追逐的时光。

一天，二人从酉市[1]回来之后，就开始认真商量分开的事情。

"首先也对不住你，我的工作能力不如一般男人，我确

1　日本每年十一月酉日在鹫神社举行的庙会。

实没本事养活你，我们暂时分开吧。如果我能够让你过上富足的生活，到时候再在一起也行。"这是义男决定分开时说的话。

"和义男分开后自己怎么办呢，今后怎么办呢？"阿稳马上想，而且身边突然没了同伴的身影，让她非常不安。一直以来倚靠的柱子有了自己的体温，要从这根柱子上滑下去的不安，让阿稳的心静不下来。

"也要和梅分开了。"阿稳看着在院子里玩耍的小狗这样说道。这只小狗见证了二人长久以来的互相依偎，和他们缘分匪浅。它常常安抚他们。阿稳忍不住落泪。

"和梅分开比和你分开更让我伤心，真是奇怪。"阿稳故意用开玩笑的口气说，然后一直流泪。

十三

阿稳准备暂时回到母亲身边。义男决定把他们的东西全部卖掉，暂时租房子生活。

命运之手把二人牵引到了这一步，忽然又跟他们开了一个玩笑，意外的幸福蓦地降临到他们头上——这年夏初义男逼着阿稳写的稿子入选了。

那是十一月中旬，外面天气晴朗。早上阿稳在厨房忙活的时候，一个人带来了这个福音。

那个人和阿稔在二楼说了话。他回去之后，夫妻二人坐在里面的房间对视了一会儿。

"真的入选了吗?"义男有气无力地说。

那之后不到五天，阿稔的手里有了十张一百日元的钞票。经济上的苦恼一直像肿瘤一样折磨着他们，这样一来他们的苦恼第一次得到了缓解。

"这不是别人的功劳，都是托我的福。我当时多生气你还记得吧? 你如果最终没有听我的话，也就不会有这样的幸福降临了。"义男这么说给阿稔听，好像他自己给了阿稔幸福一样。

"托的不是别人的福。"阿稔也完全认同。义男说她不知道热爱生活而生气的时候，她曾为了自己所爱的艺术哭泣伤心，她甚至想，如果要把自己的笔墨浪费在那种事情上，还不如考虑通过其他笔头工作来赚钱。

但是阿稔想到这份工作是在义男的鞭策下完成的，而它带来这么好的结果，就无法不感谢他。

"真是全托了你的福。"阿稔这样说。想到这个结果可能成为自己开启新征程的起点，她就感受到重生般的喜悦。

"这下我们可以不用分开了。"

"不光是不用分开，今后你我都要拼命工作。"

作品评委中有一人是向岛的师父。因为他打的分数低，阿稔的工作差点没了着落。义男狠狠地咒骂了向岛的师父。阿稔的作品没被他看中，义男为阿稔祈祷。另外还有两位评委，他们都给阿稔的作品打了高分。义男建议阿稔去拜访他们。一位是某现代小说大家，因患病不在自己家里；另一位在早稻田大学任讲师，是现代文坛颇有影响力的评论家。阿稔拜访了他。阿稔出门的时候，义男让她把以前写的精心保存的短篇带到那里去，说经那个评论家之手发行的杂志在当今文坛很有势力，最好能拜托他把小说发表在杂志上。

阿稔照着义男说的把她的短篇小说带去了。如果是从前的阿稔，在这种场合她至少会考虑到自己的想法，一定不会贸然把作品拿到初次见面的人面前；但是她的心忽然之间麻木了。

阿稔拜访的时候，那个人正好在家，于是接见了阿稔。"那的确是艺术品，是好作品。" 那个人俯下瘦削的脸，抱着胳膊说道。

他也收下了阿稔拿出的短篇，并且说"会拜读"。那个人说女性写的东西枝叶太多，不好；说她们不知道要刨根究底，还说那是女性作品的缺点。阿稔重复着这些话回到家。见面时那个人嘴里说出的很多学术性的话，她也一直反复品味着。

十四

"那个工作一点影响力都没有。"阿稔很快就感受到这一点。十张一百的钞票攥在一只手里连一个角都看不到，很快就没了；但还不是这么点钱的问题。

在义男强迫下完成的工作，给这个家庭带来了意想不到的幸福，但是阿稔的工作却一点影响力都没有，是的，没有社会影响力。阿稔觉得，要说工作上的影响力，还是曾受到嘲笑的戏剧表演让她留下过热血沸腾的印象。

阿稔的心又渐渐退缩了。幸运之手托起了他们，义男也让阿稔看到他真心的喜悦，但这并不够。在两人头顶突然降临的不是幸运，而是命运之神把他们再次紧紧连在一起的恶作剧。很快两人一定又会重复从前的生活。

阿稔很清楚地考虑了"必须要做点什么"，想着必须要再次出发，想着必须提升自己的能力。阿稔的工作虽然没有引起任何反响，但她的作品却借着这次机会开始出现在社会上，这也真正让阿稔的心第一次强烈地为世俗所动摇。

之后阿稔开始疯狂地学习，以前动不动就打瞌睡的眼睛清醒地睁着。同时义男在自己的心里逐渐远去了，不理会义男的时候多了起来，不管义男说什么自己都看着别的地方的时候也多了起来。支配阿稔的，也不再是义男，阿稔开始第一次用自己的力量支配自己。义男很讨厌阿稔的傲慢，到了这个时候，那种傲慢也藏到了义男看不见的地方。阿稔的傲慢在看不见的地方却越发强烈。

"可以说是托我的福，要不是我勉强劝你。"这个时候，阿稔开始以一种不怀好意的微笑接受义男说这种话。在义男鞭策下，阿稔的工作得到了他希望的金钱回报，那阿稔应该就不欠义男的恩情了。对于阿稔开启新征程的努力，义男已经没有什么可以给她的了。

女人的态度一点点渗透到义男的心里。女人想要把男人从心底除去，自己一个人努力登上某个台阶，义男有时会望着她的这种背影。那个软弱的女人就这样一点一点变强。义男觉得，之前作品的发表是使阿稔变强的一个原因，而且是自己让她有了觉醒的意识。

但是义男什么也没说。不管怎么说阿稔做的工作都是她自己的，阿稔的艺术也是她自己的，阿稔是靠自己发现自身力量起步的，对此义男不能插嘴。义男这么想的时候，也感到一种他自己正一步一步落后于这个女人的不安。

有一天，有个男人来拜访他们。他是帝国大学的文科生，义男的同乡。他们从这个男人口中得知，参与评选阿稔作品的还有一个人，是叫作蓑村的新人作家。通过这个男人他们了解到，报纸上报道的评委有一位生病了，因此其门下的文学家蓑村就代选了。这个男大学生私下尊文学家蓑村为师。

不久之后阿稔就随着这个大学生拜访了文学家蓑村。那个人的家在神乐坂上。

进入蓑村家的时候，阿稔在房门口微暗的房间看到了背对着自己站在衣柜前面的男人，像是在家人将初次到来的客人引见入内之前，他就藏在那里等着的样子。障子门开着，所以从阿稔的位置看得清清楚楚。

一个让人不禁想她过去该是何等美丽的中年女人出来，带着阿稔到里间等待，刚刚背对阿稔站着的人进来了。他就是文学家蓑村，他说话的语气和身体仿佛都有点儿发沉。

这个文学家说了评选作品时的不容易。文学家手里拿到原稿的时候，正遇上夏季的暴风雨和洪水，他的夫人坚持把稿子带了出来。那时候因为滑坡家也毁了，于是他们搬到了现在的家。

"一开始读的时候没觉得多好，但是从中间开始觉得有意思了；当时想着也不能打一百分，这时候一个叫有野的男子到我家来了。我跟他说了之后，他说好不容易有这样的作品，我们的意思不到也不行，就打一百二十分吧。有野因为自己不用负责所以说出那样不负责任的话来，但是我觉得不能那么做，于是干脆把你和其他人拉开了二三十分。看了其他评选人的分数你挺危险的。"文学家以一种事后诸葛的表情看着阿稔，好像这个女人的机运完全掌握在自己手里，然后他挑出阿稔作品中觉得好的地方赞赏了一番。

阿稔陶醉地听着这个文学家那种饱含艺术趣味的话，心想，这里又有一个人一副给她带来了好运的样子。

刚刚提到的文学家有野正好也来了。他把瘦弱的膝盖并拢，身子缩坐着，说话的时候一只手揉着脸。

他有个口头禅"不过呢，不过呢"。那个"呢"的音和渐渐从眼底透出笑意的神情可爱又迷人。

阿稔在他们中间感觉到内心久违的悸动。蓑村和有野随口交谈着各自心里所想的事情，然后又想把对方往自己的话题上引。阿稔听了两人敞开心扉的自说自话后觉得很有意思。

不久蓑村的夫人回来了。她是个硬朗的美人，有点像过去男扮女装的演员。这时又有俄国人来让夫人去练习舞蹈。

阿稔兴奋得面红耳赤，一直留到了很晚，然后大学生又带着她离开了。回去的时候，阿稔和一起出来的文学家有野在黑暗的小巷尽头打了个招呼后分别了。

阿稔到家的时候义男在二楼。义男看到阿稔坐在那里，从她眼角残留的红晕，意识到那透露着这个女人情绪的波动。

义男感到这些日子以来对这个女人没有过的醋意，任阿稔说什么他都不作声。

"我进去的时候，那个叫蓑村的人在进门处的房间的角落里背对我站着。我看得清清楚楚。"阿稔重复着这句话一个人笑着。

那天晚上阿稔做了个神奇的梦，关于木乃伊的梦。

灰色的男木乃伊和女木乃伊，像亡灵茄子马[1]一样上下叠在一起。女人仰着脸，脸上只有一双眼睛，宛如人偶，嘴唇鲜红鲜红的。阿稔站在一边看她进了很大的玻璃箱子。就是这样的一个梦。阿稔本来不知道那是什么，总觉得好像有人告诉她说那是木乃伊。

阿稔早上起床后觉得那是个很有意思的梦，想着自己如果是画家的话，会把那颜色原原本本画出来看看。她感到不可思议的是，那是木乃伊的意识如此清晰地留在她的脑海里。

"我做了这样一个梦。"阿稔走到义男旁边说，"这一定暗示着什么。"说着走到桌边，想把那个形状画出来。

"我最讨厌说梦了。"义男说道，在没有温度的阳光下用梳子梳着瘦狗身上的毛。

---

1 亡灵牛马是日本盂兰盆节期间的供物，是在茄子和黄瓜上插入牙签或筷子做成的"牛"和"马"，据说是先祖亡灵离开与归来时的坐骑。一般来说，茄子代表"牛"，黄瓜代表"马"。

断念

一

富枝来到教学楼后面准备回家。学生们大都离开后，远处宿舍楼那边传来用水的声音。古井喜欢园艺，她拿着修枝剪刀正往坡下走，富枝看到她，随口叫了一声，她四处张望，轻轻回过头，看到富枝后微微一笑又迈出了步子。

古井橄榄色的和服裙裤翻卷着，从远处能看见她白色的短布袜上方露出了一截小腿，肤色不太白。

她骄傲地把自己培育的花插到宿舍各个房间，听到大家开心地和她打招呼，便觉得很满足。她满怀期待，说不久的将来要打造一座理想的花园，把自己一生都投入花中。

校长教导：绝对不要出人头地，要甘于牺牲，韬光养晦。

富枝心想，古井作为爱戴校长的人，应该不会违背他的主张。教导主任教育富枝，说她是被虚名迷了心窍，富枝从自己如今的立场来比较，饶有兴趣地打量着这位平时没太注意过的同学。"……要先立根基，为将来可以开出茁壮美丽的花朵而努力，这是学校的办学宗旨。如果本性急功近利，就没有开花的那天……"浅见教导主任低沉的声音在校园凉爽的风中化为新的细语，在富枝的耳朵里回荡。

成排宿舍楼的二楼上，红白相间的身影出现又消失，身穿围裙的学生进了厨房。小学部的三个小学生手挽着手出了宿舍门，腰间垂着蓝色或粉色的和服腰带。这么小就过寄宿生活，应该很想家吧，富枝燃起了以往没有的同情。也许明天起，自己就不会再踏上这片学校的土地了，熟识两年的樱花，却看不到她第三次歌咏春天，现在樱树叶子渐黄，这将成为最后的离别。想到这里，她觉得对离校没有什么不舍，倒是对校园周遭的景物充满眷恋。她去图书室前的梧桐树那里看了看，之前她总会带着书去靠在那里，图书室窗户上的白色窗帘被放下来了。

同级的上田正好来这里找富枝。

"我还以为你回去了。"上田的脸像块乳白色的肥皂，红色的头发在发际线周边卷曲着。有人说她像本乡路上洋货店里的招牌人偶。

"教导主任讲了什么？"上田问。

富枝没有回答。富枝倒也不是想维持自己的威严，只是她和上田没什么深交，感觉把刚刚教导主任代替校长说的那番话直接告诉上田有些不妥，所以尽量避免回答。

"教导主任没有说很多要在办学宗旨下这样那样的话吗？"上田眼里充满了好奇。

富枝本以为只要退学就行了。由于写了剧本之类的东西，她受到了教导主任的告诫。只要没有解除学籍，受到这样的干涉也无可厚非。反观自己身为女性这一点，只要每天还要进这道校门，即使有自己的主张，她在教导主任面前也无法坚持。

上田说："如果你退学了，文艺会就冷清了，失了文坛之星很可惜。"

富枝觉得朋友的话里面，有种对她荻生野富枝之名将载入明治文艺史的自豪感；并且自己的名字会像阳光一样透过普天之下的窗户孔，变成一道细微的光线出现在别人家，也让她觉得不可思议。

英语老师一面戴上手套一面和史密斯老师从正面的石阶上下来了。富枝二人等她们取出自行车，跟在后面并肩走出了校门。

史密斯老师骑上车走了，浅蓝色的裙子像帆一样鼓了起来。车子骑过，在路面的砂子上留下了浅浅的车辙印。老师领子周围的饰品闪闪发光，金色的发髻从帽子下面露出了一些，雪白的脖子美得宛如白玉。富枝从后面看着她。

校门旁洋货店的女人看到二人，在店里跟她们打招呼。富枝看到她的笑脸，想到可能今后也见不到这个女人了，又回头看了看。上田的身影映在美术馆的玻璃窗上。

"作为大学建校以来的功勋者真的值得骄傲。"上田说。

富枝从侧面看着上田。她耸着肩，躬着背，伊势崎碎点花纹的单和服[1]打着皱，接着富枝又看向她裙裤后面的腰部衬板。

"不过即便是让人效仿，普通人也是做不到的，得是天才才行。你不是那种过学校生活、迎合学校条条框框制度的小人物，还是从事文艺创作好。要一直努力哦，荻生野。"

上田挺直蜷曲的瘦弱身子，热情地说。她抑制不住自己的情绪，不由把伞放到拿包袱的手里，空出一只手来紧紧握住荻生野的手。

"谢谢。"

富枝也充满感激地看着上田的脸。平时也没觉得是多要好的朋友，没想到在今天这样的情况下，会从上田嘴里听

1　六月或九月等换季时穿的和服，没有里子，轻薄凉爽。

到这样的话。其他朋友看了今天报上的报道，都异样地和她保持距离，没有谁接近她。那些人讽刺她，说这是一种堕落，可恨的是甚至有人对她敬而远之，而上田的好意让她欣喜，这简直是意外。

"就算休学了，也要继续和我保持联系啊。我敬你为师，打心底祝愿你成功。"

富枝没说话。这时，她想起过去自己非常聊得来的朋友，想和那位朋友一吐心声。

"上田，你还记得三轮吗？"

上田歪着头想了想，富枝看到了她耳朵后面的污垢，稍稍往旁边挪了点距离，加快了步伐。

"嗯，短短半个学期就退学的那位吧，真是个天才啊。"

"是啊。"

紧凑的双眉、美丽的眼睛，富枝回忆起三轮的样子，越发想念她，意识近乎恍惚。不知什么时候，两人来到市里。她们往经过派出所前面的电车线那边走。

近郊剧场的冷清总是让富枝感到情绪低落，今天回头去看的时候，她也有一种不愉快的感觉。

招牌镶着鲜艳的大红边，用黑字写着"浪花亭XX"。招牌前站着一个男人，穿着脏兮兮的白号衣，露出满是毛的小腿，卖力叫着："欢迎光临。"

富枝心想，在这样的大白天进这种昏暗破旧的剧场听浪花调的客人，会有怎样的感受。上田没在意，低头走在平时常走的右边屋檐下。

二

富枝正要进入旁边的小路，忽然停下了脚步，拐角处蔬菜店前站着的女人背影看上去很熟悉。那个女人像围围巾那样把深绿色的包袱缠在两只手上。从卷起的浴衣下摆能看见她那黑红的粗脚踝。蔬菜店前绿油油的蔬菜都水灵灵的。

"小木曾，小木曾。"富枝把漆骨扇贴在嘴唇上叫道。女人猛地回头，踏着晴日木屐跑过来。她边鞠躬边笑着说："您回来啦，今天回来得有点晚呀。"

"好了，快买吧。"富枝说话间看到了小木曾插在鬓角的红褐色簪子，那是自己用旧的。小木曾又快步跑回了蔬菜店，后背处紫色薄毛呢小腰带中间打结的地方像吸在腰上。这附近商店林立，一家店取下遮阳门帘，家家都开始取下遮阳门帘；一家店开始洒水，邻家和对门也都开始洒水。箪笥町的大路上有成排门面差不多大的小商店，傍晚路上到处泥泞不堪，富枝的高帮木屐也陷入了泥中，她抓着小木曾的袖口，拣着路走。

"我给您拿包袱吧。"小木曾看着富枝一只手夹着伞和一包书，说道。富枝只摇了摇头。她们经过理发店，剃头匠正拿着推剪在给客人剃头，又回过头去看人来人往的路。他白色上衣的下摆卷了起来，衣角掀动着。

路好走了之后，富枝就松开了抓着小木曾的手，又用扇子掩着嘴走。小木曾把手里提的包袱换到自己和富枝之间提着。她的手不停摆动，包袱也随之不时打到富枝的膝盖，随后又打到她自己的膝盖。富枝的视线落在包袱上，包袱打到小木曾的膝盖时，她又抬眼看小木曾的脸。小木曾丝毫没有察觉富枝的注视。富枝默默笑了。巷子里凉风习习，富枝取下衣领的夹子，松了松和服与贴身底衫交叠的白色纱罗领口。隔着柳树隐约可以看到路尽头家的二楼一个人卷起苇帘正准备进房间的背影。

"姐夫在家吗？"富枝问。小木曾说了句"在家"就到厨房那边去了。

家门口洒了水，很干净。

牛奶箱上浅黄色的水珠凝结落下，凝结又落下。小门留了条缝，门上洒的水已经干了一半，流到门槛上的积水泛着微波，看上去有一丝凉意。

通往院子的木门开着，富枝从那里进了院子。

姐姐都满子面前支着镜台，正在化妆，看到富枝她微微一笑。

"迟了吧。"富枝也笑道。篱笆旁的胡枝子打湿了她的和服裙裤，她用力把裤脚提上来，往客室那边的檐廊下走去。

"你已经洗过澡了吗？"富枝看着姐姐充满光泽的脸问。姐姐正往脸上拍粉，落下的粉卡在了衣领上。

都满子把她那低垂的又浓又长的眉毛描得更黑了。富枝总是笑她多此一举，可是她已经养成了习惯，如果不多描那一笔，好像脸就不突出一样。自然，为了衬眉毛，粉也要加厚。乌黑的头发绾成了一个大圆髻[1]，宽刘海服帖地垂在额前。富枝总觉得，对于一个明年就三十岁的人而言，这样打扮过分年轻了。

都满子拿着眉笔，看到檐廊下的富枝说："为了庆祝，你姐夫说要带你去一个地方。"富枝在檐廊上坐下，双脚悬空，来回蹭动着，也没脱鞋，也不进屋，探问道："姐姐也一起吗？"

隔壁的紫薇花越过院墙伸到这边来，像刚刚午睡醒来一样。薄薄的夕阳掠过紫薇花，阳光斜照到这边院子里的松树上。白云飘过，宛如山药泥浮在水面上。踏脚石上放着洒水壶，蟋蟀伸直触须跳了上去。看着院子里的景色，富枝感

---

1 圆髻，日本发型之一，为已婚妇女的典型发型。

觉秋天来了。

尽管树叶还没有落，那些景物看上去也已经含着秋意。檐廊下的金鱼钵里，只有一尾金鱼还活着，也让人感觉是逝去的夏天的遗物。

"你想什么呢？"都满子化完妆站了起来。粗条纹浴衣缠在了腿上。因为没系腰带，她和服前面敞开着，圆润粉嫩的脚后跟转过来，颇为妩媚。

"姐，校长强烈反对。"富枝突然说，忙抬起脚脱下鞋。

富枝看到长火盆旁的点心盘里盛满葛粉豆沙包，半弯下腰拈起了一个。

"抢了客人的先。"都满子斥道。

"是是，失礼啦。"富枝边说边把豆沙包整个送进嘴里，脱下和服裙裤，只穿着一条纱绫形绉纱衬裤，伸出脚，隔着袜子揉脚尖。

这时她听到姐夫在二楼叫她。

"来——啦——"姐姐拖长尖细的声音代她回了一句，"上去的时候顺便把这个带去"，又把点心盘递给她。富枝在深绿色的博多绸腰带上打了个正结，然后轻轻摸了摸腰带后面，上二楼去了。

姐夫绿紫靠在装饰壁龛的柱子上，他旁边放着电风扇。客人在壁龛前正襟危坐，腰上是白色薄绉纱打的结，长长的尾带轻垂在屁股下面高高叠起的藏青色短袜上；衣服下摆翻卷着，白色萨摩棉布已经变为酱油色。

富枝先在他们后面单膝跪下，和客人打招呼。客人伸出手中的团扇微微欠身。烟灰缸里的灰轻轻飘进他小而扁平的耳朵里。客人鞠完躬，用团扇扇柄敲着自己的膝盖。栏杆下无花果树的叶子非常茂盛，在叶子颜色的映衬下，主人和客人的脸色都有点发青。

"你对校长说了什么气焰嚣张的话？"绿紫开玩笑似的问，刚才富枝的话他听到了一些。富枝老实回答说，自己什么也没说就回来了。

"真没出息。"姐夫笑道。富枝和他商量了一下打算退学的事。绿紫说，也没什么好可惜的，退学专心搞文学也不错。

绿紫又说："没什么比学校更让人讨厌的了。"富枝说，自己今天回来也是抱着不再回去的打算。

"是因为创作的关系吗？"客人插了一句，目光从富枝脸上移到绿紫脸上，又从绿紫脸上移回富枝脸上。

富枝一想到明年就可以毕业，女孩子细腻的感情总使她觉得惋惜。如果就那样匿名投稿，不要让学校方面知道，毕业之后再在文坛上公布姓名就好了，她留恋地想。

富枝父母不在了，只有身在故乡的祖母、姐姐都满子和妹妹贵枝三个亲人；而妹妹又给志野家做了养女，等于是外人。父亲在世时，姐姐嫁给了染谷，所以父亲的遗愿是打算让老二富枝继承荻生野家。富枝要回岐阜老家，自打在东京出生，她还没踏上过那片土地。那里有亲祖母，父亲去世后，父亲生前的继室、自己的继母伊豫也秉承他的遗愿，回到故乡照料祖母。富枝有义务继承荻生野家，让重情重义的继母和日渐老去的祖母安心。

富枝姐妹的父亲从前是当地大户人家的儿子，母亲曾是当地的艺伎。祖母认为，父亲弃家抛母跑去东京，都是因为身为艺伎的母亲煽动他，所以祖母对富枝的母亲怨恨至极。

母亲是生下贵枝那年去世的，去世的时候留下遗言，姐妹三人中要有一个回到故乡，替她对祖母尽孝，富枝就成了那个人。

继母伊豫回故乡的时候，本来富枝也必须跟她回岐阜去了，但是姐姐都满子说不想放富枝走；富枝也感到要去人生地不熟的农村埋没掉自己的才华很痛苦，所以硬对继母说还要再学习两三年，最终留了下来。继母把富枝托付给染谷夫妇照顾，就回岐阜去了。

那是在财产几乎被父亲挥霍完之后的事了。继母在无亲无故的乡下照顾自己年迈的婆婆，过着朝夕凄楚的生活，她把富枝当亲生孩子一样指望，而且期盼着她的前程。继母屡屡写信来说，望富枝速速完成学业，早日回乡，让祖母放心。

对此富枝丝毫不敢敷衍。她深以为一刻也不能忘记继母的期望；更何况母亲临终留下遗言，要富枝代替自己对长久以来疏忽照料的祖母尽孝。每当富枝想起那份责任，每当她心里涌起对继母的同情，她就觉得自己的身体被沉重的枷锁锁在了岐阜，心情逐渐沉重起来。

富枝只能靠一己之力去赡养继母和祖母。回到乡下，如果不想从当地人家收养孩子，就得靠自己的力量支撑起整个家。为了随时可以独立生活，她必须提前做好准备。

大学毕业，成为当地女子学校的老师……虽然这不是她的目标，但是人生天然的境遇导致她如果不追求那种事，就无法走自己的道路，成全自己的人生。

如果回到家乡的是自己的生母，估计自己什么都不用深想。富枝一直觉得，继母除了自己之外没有孩子，除了祖母又没有父母。她没有受过现代的教育，也不会通过书本来思考人生道路，这也让富枝看到她珍贵的地方。富枝已经有了思想准备，面对这样的继母，自己必须要牺牲点什么。

故乡的风土人情很有意思。富枝不是见过繁华后看低这种淳朴的人。如果能不抛弃故乡，她也并不想抛弃，无奈身不由己。大学毕业能自食其力，给祖母看她的毕业证书，说这是自己三年学习的证据，让祖母能心生欢喜地想，原来她厌恨的女人肚子里能生出这样招人喜爱的女儿。继母说过想跟人威风地炫耀这是自己的女儿，这也给了她骄傲的资本。富枝悲观地认为自己只能如此，如若抱怨这些没有意义之类的，就只是在任性，她生来便是这样乖巧，悲伤地断了其他念想。

富枝为了练笔试着写了剧本。寄宿在作家家里的她，喜欢做这样的事情。某报纸有奖征集剧本的时候，她试着投了稿。没想到作品居然当选了，甚至今年将被搬上舞台。

这样当选真是不可思议。

富枝并没有因此自满，她只是自然而然地把心思放在自己喜欢的领域，因此懈怠了上学，也厌烦背诵功课；然而一想到如今这样的境遇，她便觉得退学可惜，即便提不起兴趣也没有放弃；然而随着这次报纸的介绍，她的名字被学校那些人发现了，教导主任说那是爱慕虚名，强调了学校的主张，敦促富枝反省。

无论如何现在除了退学别无他法了。她也考虑过，退学之后靠自己在文艺上的名声来谋生，虽然不是铁饭碗。

挂在栏杆上的纱罗长衬衣被风吹得直打转，水漩涡花纹看上去像在潺潺流动。主人和客人都一口接一口地喝着汽水。

三

客人和姐夫并肩走着，富枝和姐姐并肩跟在后面。从姐姐脖间散发出的香水味和散粉味向富枝的脸颊袭来，凉爽的风拂动着姐姐的鬓角。

绿紫对拄着手杖的客人说了句什么，边走边笑，条纹纱罗和服外褂随风飘动。稻草帽和巴拿马帽不时从左右两边向彼此倾斜，分开又靠近。

"听说最近他常去贵枝那里。"姐姐小声说。都满子身体向前挺，走路外八是她的习惯。藏青色大名[1]特等绉绸的袖子轻轻扫到富枝的腰。

"去贵枝那里？玩，还是做什么？"

"去做什么我就不知道了。"

"该不会……"富枝抬眼望着姐姐，眼里别有深意。

天已经黑下来了，街边的店里开始散出美丽的灯光。姐夫和客人的背影忽明忽暗。

"他说过了，不会对妹妹下手的。"姐姐这么说的时候，灰紫色绉纱和服内衬领口别针上的玉石闪烁着亮光。

"富枝你不要紧的。"虽然没听到什么动静，富枝却感

1　日本古时封建制度对领主的称谓。

觉她在笑。

富枝心想，三轮常来我这里时，姐姐也闹着说她和姐夫很可疑，三轮也因此不来了。那肯定不是事实。姐夫使得姐姐不再相信他，他也有错，但姐姐确实爱犯疑心病。贵枝还是个孩子，姐夫也不能对她怎么样。

"下次你要去贵枝那儿，就随口问问情况。"

"嗯。"富枝只嘴上应下。姐夫绿紫不知道她们在说自己的闲话，从车站的柱子旁招呼她们："去京桥那边吗？"客人用手杖不停地敲着土地。"那就去吧。"都满子说着加快了步伐。

正好这时电车来了，四个人先后上了车。

乘客的视线瞬间集中到他们身上。客人在绿紫旁边的位子上坐下，顺势抓住了吊环。对面的都满子看到后，轻佻地说："真是讨厌高某某，那要是半田先生倒还好，但也不要和他一起走路。"富枝本打算说半田先生也不讨人喜欢，但最后决定还是不说了，只笑了笑。

富枝心想什么时间了，看了眼广告钟，不巧钟上斜贴着一张换乘车票，提示钟已经坏了。客人当即看出了富枝的心思，拿出自己镶着银边的怀表。富枝却收回了目光，刚刚并不是非得确认时间，所以就没有特意问。客人有些不好意思，啪地把表盖盖上，迅速把脸转向窗外。他们在内幸町下了车，然后往银座那边去。

派出所巡警沐浴着红色的电光，站在那里感觉像跳灯光舞的舞女。两个穿着和服裙裤的女生正往日比谷公园门口走去。富枝回过头去看了看，心想："只有日比谷这样的公园是有门的。"

"去吃中国菜吧，怎么样？"绿紫对都满子说。客人一看两人并排走着，往旁边稍微拉开了点距离，依然挂着手杖。

"吃西餐吧，好吗？富枝觉得呢？"姐姐停下脚步等落在后面的富枝，撒娇似的说。

"都可以。"

"还是去尾张町那家中国菜吧，那里有你的老相好。没有美人，美食也难以下咽吧。"

为了避开这样的话题，富枝故意走得很慢。

一阵风嗖地擦着富枝的脸颊刮过去。再一看，有辆车已经从他们身边开出了四五家远。车子还是没声音的好，富枝的目光追逐着橡胶轮胎车子的身影。

车上的人雪白的脖颈格外显眼。

衣领拉得很后，露出一点溜肩。富枝隐约看见摇晃的岛田髻。是艺伎，她再次确认。

普通人一上车，精心摆出的姿态就整个没入车中，而艺伎即便不故作姿态，也自有其气派，坐上车很显眼，让人不由感叹这就是行家的特别之处。

出了宽阔黑暗的大街就来到数寄屋桥。

从远处看有乐座[1]前彩灯闪烁，儿童节的白色方招牌微微倾斜。在桥上看那片低洼处，就像一个美丽的娱乐场所活了过来，在想方设法绊住四方经过的客人的脚。这样想着，黑色三角建筑顶端就像有一双大眼睛，两侧仿佛伸出来的手。富枝想着这些，看着远处四周漆黑的有乐座过了桥。

看样子是决定吃西餐了，富枝也跟着附庸风雅一回。

客人一会儿看天花板，一会儿看饭桌，一副拘谨的样子。

"真是不够地道，坐着用叉子吃西餐，天花板还是高点好。"

有三个外国人在围着桌子交谈。壁龛门板横轴金底上绘有花纹，那个红头发的脑袋几乎要顶上去了。

这时传来噔噔噔上楼的脚步声。来人把手杖嗖的一声插进放伞处，同时和仰着头的绿紫打了个照面。

1　有乐座，日本第一个西式剧场。

153

"怎么样？"绿紫对走过来的男人说。

那人只回了句"哟"，就在隔壁桌坐下了。

都满子盯着那个男人看，眼神似乎想说他长得不错。富枝也打量了男人，他背靠着椅子，餐桌下两条腿岔开着，眼睛远远地盯着菜单看。

"好像挺风生水起啊。"绿紫又说。那个客人用指尖"这个这个"点完菜，将肤色略黑的脸转过来，说了句："你说什么？"夹鼻眼镜反射着灯光，铂金眼镜链摇晃着，小小的嘴巴嘴角含笑，十分亲切。他靠在餐桌上，手臂交叉着，袖扣上的钻石藏着光芒，橘色领带看上去泛白。

"学校好像很成功啊。"

"你说演员学校吗，还凑合吧。"

"不过创立之初有感到困难的地方吧？"

"是这样。"他说完就沉默了。难道他们没有什么交情吗，都满子一直观察着。这不是传说中的文学家千早吗？富枝也暗中密切注意着。

点的菜上来了。一个约三十岁的瘦高男人来摆好了刀叉。

"在榻榻米上要是不盘腿坐，总有点违和。"绿紫的朋友还在这样说。

富枝用手弹了弹中间花瓶里插的夏菊，花瓣落到了都满子拿的手帕上，富枝又拾起来吹走。旁边的男子看着她的举动。

四

檐灯玻璃上写着"藤间"，雨滴顺着玻璃流下来，形成一串水珠。飘窗的苇帘被雨淋湿后成了淡茶色的，被风吹得啪嗒啪嗒响。下水道盖板上的红色灯笼果被碾碎了，沾满了泥，露出红根。卖面包的吆喝声像在吼人，那声音远去后，狭窄的新路又被原来的雨声填满。一个穿着和服外衣的女人头上贴着镇痛膏药，提着看上去很沉的包袱走过，那外衣的领口传来初秋潮湿的凉意。

"一起走吧。"格子门里清脆的说话声拂开了潇潇雨声，传到屋檐下。

格子门马上开了。只见一个唐人髻[1]前翻的脑袋，她身上穿着中长的薄毛呢单和服，袖兜松垮地垂在两边。一对樱树皮木屐护罩被放到踏脚石上后，石头顶上呼地撑开一把蛇眼花纹的小伞。她撑着伞退出了格子门，走路的背影看上去是内八字的，脚下是朱红色的矮齿木屐。

1　日本少女的一种发型，源自吉原花魁的发型。

"我坐电车哦。"跟在她后面出来的人一面说，一面关上了身后的格子门。

关门的人身穿雨衣，浅黄色木纹上各处散缀着"牡丹花"，头发绾成了垂髻，美人尖看得分明；五官很美，肤色偏黑，发际线边凝着残留的粉底。

"那就到坐电车的地方。""唐人髻"说。"垂髻"撑着伞，两人并肩走着。伞上的名字因淋雨而淡去了。她们的伞不时碰到一起，很快又慌张地分开。"今天学的东西很难，我有点厌烦。"

"唐人髻"的红头发有着融化的纯白奶油般的光泽。她睁开微肿的单眼皮，凹着嘴，用扇子敲着伞柄，摆着样子："春——与夏，啊，我是疯子。"袖兜摆动着，上面水墨勾勒出的葡萄粒粒分明。泥水溅到了衣摆上。

"那个，说'春'的时候眼神应该是这样。轻轻的，柔柔的，你看呀。"

两人停在路中央。"唐人髻"侧着脸，眼睛看向旁边，好像因为光线太刺眼似的眨着眼睛，嘴凹得更厉害了。

"喂。"

"骗人。眼神不是那样的，和师傅的不一样。"两人又并肩走起来。

"疯子的眼神是什么样的，你见过吗？"

雨横飞过来，打湿了她们可爱的脸颊。"垂髫"横撑着伞。"唐人髻"没有把伞挡向雨来的地方，依旧将伞扛在肩上，袖子已经湿了一半。

"眼睛肯定是睁着的。"

"那当然，松风[1]又不是瞎子。……是疯子，是疯子。""唐人髻"突然紧紧抱住"垂髫"的肩膀，用力过猛，"垂髫"的伞倒在了地上。

"哎呀，哎呀，都淋湿了。别闹了。""垂髫"一副生气的样子。

"你不是爱恋我吗，你逞不了威风啦。""唐人髻"用扇子戳着"垂髫"的胳膊。十五岁的小人儿嘴里说出这样不知羞的话来。

"哈哈哈哈哈。""垂髫"笑出了声，"拜托，此兵卫[2]爱恋的不是贵枝，是'松风'哟。"

"不都一样？明明是你拉着我的袖子追求我的。"

"这么说的话，演业平[3]的时候呢，还是贵枝小姐你喜欢我呢。"

"也是，失敬失敬。"

---

1 歌舞伎舞蹈《汐汲》（改编自能剧《松风》）的女主人公。

2 《汐汲》中的人物，是一位船夫。

3 在原业平（825—880），日本平安时代初期歌人，被视为《伊势物语》的主人公的原型。

贵枝的笑脸映在拐角的白牡丹玻璃窗上。她往里一看，掌柜正端坐着抽烟，玻璃窗的反光射入她的眼睛。穿窄袖和服的小伙计看着贵枝，那样子是知道这个每天去练习舞蹈的女孩子现在刚好路过。电车经过，发出了湿润的吱呀声。两人来到大路上。

　　她们在尾张町的交叉路口停下后，"垂髫"说了句"再见"，便快速地往对面的红柱子下走去，雨衣肩褶方方尖尖的。贵枝准备过马路时，一把粗制油纸大伞挡在了她面前，小仓布[1]腰带系的结在背上晃动着，那个人大摇大摆地走了过去。贵枝生气地看着，不一会儿来到对面，拐入弓町时，听到有个男人的声音在叫她："喂，贵枝。"

　　"姐夫，去我家。"贵枝一脸好久不见的样子，紧紧靠到绿紫身旁。绿紫穿着无袖长外套，半撑着蛇眼花纹的伞挡风。

　　"哎，姐夫你要去店里吗？"

　　"去家里，我是来找你的。"绿紫嘴角舒展着，盯着贵枝的脸看了一会儿。

　　"哼，姐夫真讨厌，来找我有什么意思。"贵枝丢下这句话就走开了。刨冰店的门半开着，写着"奶昔"的旗子摇

1　产于日本福冈小仓，结实耐磨，常用来制作男子的和服腰带、学生服等。

晃着，看着都冷。不知从哪里飘来了天妇罗的香味。

"你别走这么快嘛，难道你不喜欢姐夫？"

"可是你居然说那种话。"

"我说什么了？"绿紫跟在她后面开着玩笑，眼角的皱纹也高兴地笑着。

"说来找我……"

"我不该这么说吗？"

"真可笑。"贵枝鼓起脸颊，眯缝着眼睛，一副强忍笑意的样子。经过布店时，她往里瞅了一眼，鞠了一躬。绿紫心想可能是认识的人家，和贵枝拉开了一点距离，走着。

"姐夫，你昨天为什么没来？"贵枝又凑近绿紫，这下像是在不满地耍小性子。

"因为有事。你等了很久吗？"

"等了好久。"贵枝的声音听上去像快哭了。她明明没等他，甚至忘了这件事，却说得跟真的似的。

绿紫觉得很不可思议，十五岁那幼小的脑袋里，怎么会想出这种诓男人的话。

"想姐夫了吗？"绿紫试探地问。

"嗯。"她点点头，瞟着路过的糕饼店说，"姐夫你每天都来，求你每天都来。"

"姐夫来了能做什么呢？贵枝你喜欢市村座[1]的花雀吧。"绿紫将手搭在她肩膀上，看着她的脸，看她如何作答。

"花雀是花雀，姐夫是姐夫。"她一本正经地说。绿紫还打算问他们有什么不同，贵枝已经钻进巷子快步走到家门口了。那是饭店东楼的后门。

"姐夫，我先进去了。"贵枝打了个招呼就进了格子门。

"您回来啦。怎么下雨了呢？"老婆子掀开苇帘问道。贵枝把伞往放鞋子的石板上一扔，进了屋里。老婆子膝盖以下都盖着旧棉被，枕着手臂没动，只抬起了头。浆洗过的薄毛呢友禅印花被子缝了一半，和烟具盘一起胡乱丢在那里。贵枝看到老婆子的样子，马上觉察到妈妈不在家。

"妈妈去哪儿了？"

"你妈去店里了。"

"哦，姐夫来了。"

老婆子再次抬起枕在胳膊上的头，蠕动着牙齿脱落的瘪嘴，满是皱纹的脸上只有那双吊梢眼活动着，她看着贵枝，似乎在问"人在哪儿呢"。

"今天真凉快啊。"绿紫突然进来了，老婆子终于拂开身上盖的被子起身了。

1　日本歌舞伎剧场，和中村座、森田座并称"江户三座"。

"这么大雨也来了啊。"她懒懒地站起来，随便把那块儿收拾了一下，故意露出很麻烦的样子。贵枝转到老婆子身后，咧着嘴做鬼脸，还用小拳头做出打她的样子，看着绿紫笑。

五

"贵枝小姐今天要去先生那里学琴吧，要迟了。"老婆子问了一句，语气像在奇怪隔壁房间怎么那么安静。

"知道了。"贵枝在绿紫旁边练字，一句"要你多管闲事"，话到嘴边没说出来。

苇帘卷了上去，可以看到院子和院子那边的小店。

石窟上安置的稻荷小社的阴影罩住了松树。小台阶上两片金黄的油炸豆腐叠放在一起。地藏石像竖立在鸡蛋形的圆石上，那样子像在枫树下躲雨。檐廊下的大盆山水盆景已是凋零之态，原本茂盛的小松树也枯萎了，被丢在那里。大花马齿苋已经开到末季，淡粉色的花瓣散发着光泽，在雨中暗沉沉的院子里显得朦朦胧胧的。

"徒——然——草，要这样一气呵成，那样断断续续的可不行哟。"绿紫用女人似的口吻说道。

"人家写不好嘛。"贵枝撒娇。绿紫握住她的手低下头去时，他薄薄的头发碰在了她的唐人髻上。他从后面扶住她的手，流利地写着。

"哎呀，痛。"她小题大做地叫道。绿紫听了放开手。贵枝绷起脸，隔着戒指揉自己的手，那戒指上镶了四颗红宝石。

"你那么用力握我的手，很痛的。太粗暴了。"

"痛吗，我来看看……"绿紫拿起她的手检查。

"都这样了。"她摘下戒指给绿紫看。

"那是戒指印子。"绿紫顽皮起来，回到了三十七减去二十——十七岁的心情。初次恋爱的阿染和久松[1]对彼此说过多么纯真的话，沉迷于多么不着边际的事，他忽然想到这些。

"好了，再练一会儿。"

"已经够了，我不会跟你客气。"贵枝傲慢且没好气地说，然后咯咯笑着。她把笔和纸都扔到桌上，伸长挽着袖子的手当枕头，半边身体都躺上去。绯红绉绸衬裙下露出一整个膝盖，下面是稚气的小脚。绿紫稍稍清醒了一点，忽然又老了二十岁，从大岛绸袖兜里拿出敷岛烟。

"那就不练了吧。"

---

1 歌舞伎与净琉璃中出场的人物。这出剧讲述了油商的女儿阿染和伙计久松恋爱并最终情死的故事。

"骗你的，骗你的。你教我嘛，好吗，姐夫？你答应我嘛，说好嘛。"贵枝躺在那里摇着绿紫的衣袖，然后像忽然发现了什么，"哎呀，哎呀，姐夫你这里有白头发了，哎呀。"

"哪里？"

"在这里。"她还是躺在那里，手指指着绿紫的鬓角。

"你帮我拔了。"绿紫觉得那是少年白发，并不在意。

"用钳子拔。"

"什么钳子？"

"起钉子的，呀，不是……是镊子，镊子，对吧？"

"用钳子拔的话能受得了吗？会秃的。"

贵枝笑得肚子痛，笑出眼泪来。她脸颊通红，洁白的额头上渗出了汗。小发包儿上的短发盖住了窄窄的领边，发髻颤巍巍的像发根断了一样。红发带散开来，垂在发髻中间。

这时他们听到格子门打开的声音。

"您来了。"传来老婆子的招呼声，老婆子马上来给贵枝传话，麻布[1] 的姐姐来了。贵枝一脸不知如何是好，小声对绿紫说："没事吗？"

"没事啊，怎么了？"绿紫一脸无辜，佯装不懂她在说

---

1 东京港区的一个区域。

什么。

富枝跟老婆子招呼着进来了，看到姐夫后露出很意外的表情，站在那里没说话，然后她看到二人脸上有种说不出的扫兴，这让她感到难为情。

"姐，你怎么都不来，好久不见你了。"贵枝说着高兴地凑到富枝身边，把姐姐的手搭到自己肩上，缠着她。

"对了姐，听说你写的剧本要上演了，妈妈直夸你了不起呢。"贵枝的表情仿佛忘记了绿紫的存在，她一个劲儿地缠着富枝，把榻榻米踩得咚咚响，学小孩子般蹦蹦跳跳。富枝准备把自己的外套拿去墙边的衣架上，贵枝一把夺过去，挂了起来，极尽殷勤。

"对了姐，听说要在大和座[1]上演，我真是高兴得不得了。"富枝坐在那里，贵枝来到她身边，靠在她的膝盖上。

"贵枝你真喜欢粘在人身上，热得不难受吗？"富枝说着看向绿紫。绿紫默默看着贵枝。

贵枝也会这样缠着姐夫吗，刚才他俩独处时在做什么呢？富枝看看贵枝，又看看绿紫。富枝眼前忽然浮现出一只大手，一把抓住贵枝的小身子。

"回家了。"绿紫一边说一边重新系好围在腰上的敬献

1　东京某处剧场名（或为虚构）。

博多腰带，站了起来。贵枝抬头看他，那眼神在说，姐夫真讨厌，然后她也不时往姐姐那边看，这样就算姐姐看到了她的眼神也没什么。

“您回去了，姐夫？”富枝有意拉开距离，态度中透着严肃。

“回去了，姐夫？”贵枝也应和富枝，不怀好意地问。她紧紧靠着姐姐的膝盖，那样子像是姐姐比姐夫重要。

通常绿紫回家的时候，如果母亲不在场，贵枝总是抓着他的手，说不让他走，大嚷大闹。抱住他，让他背，尽情撒娇。今天碍于富枝在场，贵枝和母亲在时一样，看到绿紫要走，连送也没送。

绿紫说了还会再来，就回去了。

“姐夫最近每天都来吗？”绿紫走后富枝问贵枝。

“嗯嗯，最近几乎每天都来，姐夫真是讨厌。”贵枝的语气像在告状。

“拽着人家的手什么的，我很害怕，不喜欢这样。庙会的日子他总会带我去，然后一定会带我走黑的地方，然后呢……”贵枝一脸害臊的表情，一副噘着嘴委屈想哭的样子，弹着富枝的手指。

“然后……”

富枝没有怀疑贵枝，觉得她刚刚说的都是真心话。姐夫绿紫居然玩弄这样天真无邪的贵枝，这令富枝非常憎恶，简直要视他为敌一般。

"然后呢，他会亲我的脸颊什么的。每次他这样，我都说，你还我的脸颊，还我刚才干净的脸颊。"她的口吻变得像十岁的孩子。富枝觉得她的话非常天真烂漫，不由爱怜。富枝从后面抱紧妹妹，贵枝会轻轻地靠着她，双唇紧闭，鼓着腮，一副撒娇的模样。"就算姐夫说带你去，贵枝你也尽量不要去。虽然他是姐夫，没关系，但贵枝你也是大姑娘了，自己不要单独和男人出去呀，哪怕是姐夫。"

贵枝点点头，像在想什么。富枝盯着她细细的脖子看，这时贵枝的养母阿埒从檐廊下过来了，她刚从店里回来。跟在后面的阿睦也是她的养女，快九岁了，由一个年轻女子牵着。

女子穿着墨蓝的素色桥立绉纱[1]衣服，琥珀色腰带上打了个小小的结，黑底上绣了白色秋海棠；刚洗过的头发绾了个很大的银杏卷发髻[2]，嘴里吹着海姑娘[3]；雪白的肌肤衬得嘴角的痣格外显眼。

1　明治至大正时代京都北部丹后产的绢织物。

2　日本女子发髻的一种。把束起的头发分开，梳成两个半圆形顶髻。形状像银杏叶子。

3　海产脉红螺的卵囊，可放入口中吹着玩。

阿埒肥胖的身体往那儿一摊，拿起贵枝扔在那里跳舞用的扇子，啪嗒啪嗒扇了起来。她那饱经沧桑的眼睛眯着藏在眼皮底下，轻易不会焕发神采；红红的脸颊上常挂着从容的微笑；头发绾成了圆髻，头顶正中有点秃，绘有泥金画的插梳快掉了。

比起富枝，阿睦似乎更喜欢同她一起来的女子，她只远远地向富枝鞠了一躬，一步不离女子身边。她的红色蝴蝶结垂下来，和披着的头发一样长。

"千万次和富枝是初次见面吗？"阿埒问女子。

"嗯。"女子说着用金压延烟袋在火盆边缘敲了两三下，长发包儿随之晃动着。

"是吗，我给你介绍吧。"

"呀，这回要介绍的是……各位见笑了。"贵枝大声道。

"又在耍活宝了，真是……"阿埒说道，大家大笑。

"久闻了，我是睦的姐姐。"千万次微微颔首。

"有缘才成了姐妹，不论什么事都要互相扶持。"阿埒插了句。

"对了，最近说的就是她的剧本要上演了，就是她。"阿埒脸上露出骄傲的神色。

"真是了不起，一个女人家。"千万次抽着烟看着富枝。富枝不喜欢这些人对她写的东西说长道短，所以没作声。她自己都不想夸夸其谈，也不觉得这些人会认为她的东西了不起，结果她们却夸张地称赞说"真了不起啊"，这让她觉得荒唐而可笑。她低头苦笑了一下。

"妈妈，江户屋的小花让她家老爷给她定做的洋装要三千元，我有点羡慕。"千万次已经开始说这些。

"你这么说就不争气了，也让你家老爷给你定做一件。"

"不行的，我家老爷很吝啬。妈妈，这不在本事在男人。"

"找这种男人不正是本事吗？"

"这一点我确实逊她一筹。"

艺伎笑的样子真是风情万种，富枝看着心想。门外传来停车声。格子门被打开了，听到有男人在说话。

"您是舞鹤屋的吗？"传来出去接应的下女的声音。

"老板娘呢？"接着听到男孩子傲慢的声音。

"啊，三之助先生，是舞鹤屋的……请进。"阿垉挺起胸抬高了嗓音。

"今天比较匆忙，先告辞了……"这回是个成年男人的声音。千万次一脸意会地走了出去。

帘门后泛白的博多平纹绸和服裙裤时隐时现，肩褶很深的黑绉纱家徽和服也不时露出来。

"前几天的事真是多谢了。"男孩子说。

"你代你父亲进来。"

"哎？那就多有打扰了……"只见男子合起拿着扇子的手，低下了头。

"代我向老板娘问好。"

"阿三你也不化妆啊。"

"嗯，再化妆的话，女孩子们会被我迷倒的。"千万次关上了格子门，拿着薄桐木盒子笑着回来了。

站在帘门旁边窥看的贵枝也和她一起回来了。

"有本事了人就傲慢了。"千万次对养母说。

"去师父那里玩了回来也是，可傲慢了，被很多小演员一起嘲笑，真有意思。"

"你去春弥那里了吗？"

"嗯。"

"春弥最近怎么样？"

"总是抱怨，很可怕。"

"为了泄愤吧？"

"没错，还是立花那件事。"贵枝吐了吐舌头。富枝盯着贵枝的脸看，看她闹腾，那样子显得越来越没教养，真是可悲。富枝同情她，正因为身处这样一群人中，所以才不知不觉变得轻佻。耳濡目染，举手投足，自然会学那些轻浮的人，以为那是好事。贵枝还年轻，富枝担忧她的前途，总感觉自己有责任。说起来算是外人，但要是唯一的亲妹妹毁了的话，姐姐那样暗中保护她也就失去价值了，富枝耿直地这样想。富枝觉得，接下来要做的是让贵枝堂堂正正做人，她没有意识到，贵枝已经不是一张白纸了。

"20 号预演会，姐姐你要来啊。"贵枝讨好富枝说。

"在戏剧演艺馆。虽然是定期的预演会，但是这次规模很大，听说会弄得非常气派。"

"贵枝演什么？"千万次问。

"她演得可多了，我都吓一跳。真假阿组[1]，近江阿兼[2]，还有小藤[3]，很辛苦。"阿埒边摆茶具边笑着说。

"演得好嘛，有什么办法，衣裳呢？"

"都是用旧的来混，只有小藤的衣裳是白色绉纱染了普通的淡蓝染，以后还可以当长衬衣穿。"

"真好。"千万次也很高兴的样子。

"还有啊，姐，结尾是师父和三轮的《关扉》[4]。本来说

---

1 改编自歌舞伎《隅田川续俤》大结局的舞剧。阿组为女主人公。

2 歌舞伎舞蹈《近江的阿兼》的女主人公。

3 歌舞伎舞蹈《滨松风恋歌》中的一位女主人公。

4 本名《积恋雪关扉》，是歌舞伎舞蹈之一，亮相舞蹈的代表作。

让我演小町[1]的，后来取消了，说是要年纪再大一点才行。"

"那个三轮是男的？"

"是演员。听说是女演员，还很有学问。"

富枝听到了久违的姓氏，也参与到谈话里来，然后问贵枝那个姓三轮的人名叫什么，贵枝不知道。问长相身材，贵枝也只说"是个美女"。

富枝认识的那个三轮以前也常说要做女演员，退学之后她常去富枝那儿，期间都满子怀疑她和绿紫有染，她一气之下和富枝断绝了往来，富枝却怎么也忘不了她。

"那不就是我认识的三轮吗？"富枝说道，大家听了都满脸稀奇。

"要不你明天去把人家的名字和住址要来，不过别说是姐姐叫你要的。"

"嗯，行，我去问。她个子很高，也经常跟我说一些有意思的事。"贵枝想起来补充道。

"大概多大年龄？"

"比姐姐要大。"

"眼睛很漂亮吧？"

"嗯，是个美人，师父总夸她。真的。"

1　小野小町，日本平安时代早期的女和歌歌人。

这时千万次走到阿垲身边小声说着什么，她边说边取下了戒指。

"没事，你不用这么做的。"阿垲说完就起身去了里面的房间。

雨停了，夜幕时分的窗户像盛了日光变得微亮。

六

一位自称女性界访问记者的人在富枝面前微微鞠躬，递给她一张名片，上面写着"仲司八重子"，"我好像不适合去采访大家，听取人们的故事"，她不由得主动说出了这样的话。

她绾着优雅的银杏卷，这种打扮在从事这类职业的人里面很罕见。说句不好听的，她那大把马尾似的头发非常浓密，却没有光泽；她肤色略黑，额头有些突出，一张凹脸上架着眼镜。她身穿褪色的蓝绉绸家徽和服，锦缎宽腰带束得高高的，腰带的深酒红底上织有花的图案，看着像是要出席某种仪式场合；另外，她尖下巴下的白色盐濑横棱纺绸和服衬领整齐地交叠在一起。

"您费了很多工夫吧？"富枝看她不敢大声说话的样子，开始同情她。

她去年大学毕业，算是富枝的前辈。虽说她只比富枝高一级，两人的关系却只能算脸熟，有时即使碰见了，也不打招呼就过去了。不过富枝没有忘记在校时的习惯，依然尊称她为学姐。

仲司把富枝当成社会上的人来看，敬她为新时代首次出现的最前途不可限量的女作家；然后仲司说，今天采访的问题是，想听听富枝作为剧作家以及女性有什么出人头地的抱负。

"请您谈一谈。"仲司不善言辞，她结结巴巴地催问，然后在膝盖上摊开了一本笔记本。

小木曾慌慌张张地用托盘端了两杯红茶来。富枝早上起来时感觉稍微有点冷，披了件和服外褂，这会儿她脱下外褂递给了小木曾。红绸里子像受了早上照在榻榻米上的阳光，红得似着了火。看这放晴的天空就能感到，早上的天气像一点点热起来的锅底一样，把院子一角的红色鸡冠花烘得发干，花在风中摇曳着却并不凉爽。

"妈妈，给娃娃也吃点棉花糖吧，还有小紫都。"

"这像什么样，一点规矩也没有，不要伸手手，老老实实的。给婶婶添麻烦了吧？"

"没有，她挺乖的。"客室那边传来这样的对话。小紫都子去绿紫的弟弟家里住了四五天，今天早上由弟妹领回来了，家里忽然因为这一个孩子而热闹起来。

"真是秋老虎。"小木曾浑身是汗。

小紫都，富枝想叫她，想把她叫到身边来抱抱。她正想这样对小木曾说的时候，却不得不忙着走开了。

"那么，学校那边您完全放弃了吗？"仲司忽然加重语气问。

"也没打算放弃，但是现在时机不好，就不去了，慢慢退学吧。"富枝毫无兴致地回答道。

"不过学校那边没说什么吧，校长的意见怎么样？"女记者明知道肯定有问题，故意这样问。"我并不是有了系统的思想才开始提笔的，将来也不清楚是要作为作家出道还是怎么样。"富枝没条理地说着，仲司认为自然的谈话中会有火花，她想利用这种火花。尽管仲司不善言辞，但她业务熟练，所以采取了这样的策略。

"学校的主张是那样……"富枝只说了半句就闭口不说了。她很谨慎，自己随口不小心说的话要是被别人夸大其词写出来就麻烦了。

"难得能来，那么请您谈谈苦心创作的经历吧。今天的问题我们改天再问，至少创作的故事……"记者加强了攻势。

富枝渐渐心急起来了，那位三轮某某，好不容易问了贵枝，也不得要领，她打算趁今天预演会从远处暗中观察一下。

"倒没什么能称得上苦心的苦心，只是写了一点，发表了一点，应该叫心血来潮吧。"富枝有点焦躁了。写了一点，发表了一点，这里的"一点"有点滑稽的味道。如果她是自己一直想见的三轮该怎么办呢……如果是三轮初女的话，见到她要怎么开口呢？富枝刚刚心里就在不安了，仲司越是追问，她那副眼镜就越惹人生气；但是富枝马上意识到自己的态度，解释道："我今天有点急事，所以怎么也静不下心来……"

"不，是我耽误您的事了。下次您有空时，请一定允许我来拜访。您什么时候方便呢？"她倒先结束了。

"什么时候？这个嘛……我也没什么特别要说的了，就到这里吧。"富枝拒绝道。

仲司默默合起笔记本，那和发型不协调的眼镜反着光。她双手收拾着黑色棉毛呢包袱，手背上有小圆涡。

"也许我有些执拗，但是请一定允许我来拜访。我会在您不忙的时候见缝插针来……可以吗？"她露出老练的笑容。

富枝没能拒绝她的请求。在这时，她们两者之间的年龄和阅历的差别就体现出来了：一方多少进入社会摸爬滚打了一番，另一方则在箪笥町的姐夫家过着平静安稳的生活。

"如果您嫌烦，简单说两句也行，拜托了。"仲司说完就告辞了。

富枝送她出去之后进了客室。《朝夕新闻》的记者花泽像主人似的盘坐在那里，让紫都子在身边玩。

"您为什么不再强势一些，真是软弱。"花泽看着富枝的脸笑道。他大鼻子，浓眉毛，细瘦脸，高仰着头，盯着富枝看。

"姐姐去哪儿了？"紫都子睁着骨碌碌的眼睛抬头看她，那双眼睛很像她母亲的。她齐肩的短发蓬蓬的，披在白色围兜的带子上。

"阿紫在叔叔家待了好久，你不想妈妈吗？"富枝捏着她的脸把她抱过来。

"我都不想回家。"紫都子很神气。小手指玩着花泽用烟盒给她做的人偶。

"半田君看到你那么软弱的样子，会着急担心的。"花泽的针织领带轻轻摆动着。厨房那边忽地传来都满子叱骂小木曾的声音。

这时弟妹阿北进来了，她的圆髻上扎着红发带，一副清纯可人的模样，灰条纹缎子和服看上去散发着光泽。

两人打招呼的时候，花泽拉着紫都子的头发，学老鼠嘶嘶叫。紫都子用小手来回摸着自己的头。

"你个花泽。"她用长袖子打花泽。

"喂，富枝小姐，富枝小姐。"花泽小声叫富枝。

富枝装作没听见，回自己房间了。

"不用连我也躲吧。"后面传来大叫。

"没躲哦。"紫都子说着。"没躲哦。"富枝听到他学紫都子说话的声音。

寄宿的学生美树从檐廊下越过窗户窥着桌子，见富枝进了书房，他慌忙把抹布塞进桶里，开始哗啦哗啦搓着，卷上去的白底碎纹布袖口松开了。

桌上放了什么呢，富枝走近一看，上田凛子的来信还展开着放在那里。他刚才应该以为是稿子，在偷看吧，有点好笑。富枝弯着腰，看读到一半的信。

来信是想和您探讨"虚名和实力"，也就是说包括您的《尘泥》在内的事。

也就是不要名声在外，而要积蓄内在的实力……像校长说的那样。

那天背地里各种批评的各位，也突然开始怀念从那之后一直缺席的您，说文艺会失去了天才荻生野小姐，无趣了许多。秋季的文艺会很快也要开始，校长平日也总夸您才华不可限量，赞赏您，听说您中途退学并非出自本意，校长和某个人说话时语气中流露出对您的惋惜，所以您可以继续来上学的。

这次会上，将由二年级的樱川芳子来朗读我写的诗，题为《星之林》。愿您能重新考虑退学之事。

深紫色的墨水这样写道。富枝读完之后，拿起了另一封信。白色信封上用小野流[1]字体写着"房田染子"，高级女子中学[2]五年级学生。她在春季文艺会时，扮演了富枝写的《早子姬》中的女主人公。

《早子姬》是一个童话，讲的是生母因奸臣诬陷被驱逐远方，女主人公四处寻母的故事。

那天到场观看的家长和学生们，没有一个不为染子演的早子姬所打动。据说校长都流下了感动的泪水，反响非常好。有人说她有足够的资质当演员，也有人赞她是天才，总之大家全都惊叹不已。染子是现任文部次官的女儿。

从那之后富枝就开始喜欢染子了。

姐姐的身影让人怀念，我怀着对姐姐的爱慕，

1　小野道风（894—966），平安时代的贵族、书法家。与藤原佐理、藤原行成合称"三迹"。小野流即其字体。
2　日本旧制女子中等教育机构。学制一般为四至五年。

呆呆地靠在图书室前的梧桐树下。大家给那棵梧桐树取了个名儿叫染桐。

　　姐姐为什么不来学校了呢？是忘了染子了吗？染子不要。姐姐，至少写封信给我啊，我怨姐姐。请记得，只要姐姐不来，我就会一直哭，一直哭，以泪度日。

富枝在信上轻轻一吻，急忙展开信笺。

"我暂时不去学校，请来我这里玩。我等你。"她快速写着，却没给上田回信。

"半田去哪里了，最近都不见人影。"都满子这么说。男女笑声混在一起，听上去很热闹；相反富枝的心现在很平静，如同秋风吹过黄昏，有种孤独的感觉从她心底掠过。富枝静静地靠在桌子上，任这种感觉掠过，她想亲近孤独。

七

　　演艺馆楼上座无虚席，都是藤间春弥弟子们的亲朋好友。

　　写着"致春弥先生"的半边帷幕已经落下。"祝贺""可喜可贺"等传单中间夹杂着"神技"等洋气些的字眼儿，它们被窗户吹进来的风不断扬起，煽动着整场观众的情绪。人与人之间的座位上放满了寿司盘和汽水瓶。穿着消防号坎[1]的年轻男子抱着一个七岁左右的孩子挤到正中间，孩子脸上的白粉花了，画着低垂眉，绯色绉纱和服长衬衣的袖子垂在男子笔挺的肩上。

"哟哟，哟哟，不错嘛。"梳着圆髻的中年女子站在那里接过孩子。

"跳得不错。"白头发的女人给他扇着扇子。年轻女人、中年男人，一家约十个人都凑到一起，轮着夸那个孩子。邻桌的人远远看着，脸上的表情像在说"什么呀，跳成那样也开心吗"。

千万次像是结交了一群朋友，有做生意的老板娘模样的人，茶屋[2]老板娘模样的人，以及看起来一本正经未经世事的小姑娘等，她在十四五个人中间来回走，照应着大家，活动着洒脱的身姿。富枝一个人没有伴儿，身体靠在后方楼梯口的柱子上，从后面看着眼前的种种景象。

一个约莫十三岁的女孩子经过，手里拿着东西，像是部屋簪[3]。她穿着华丽的源氏车轮[4]拔染绉纱浴衣，紫色博多绸

---

1 带有号码的坎肩，多为拉车、抬轿之人或士兵穿。
2 供男女幽会以及客人与艺伎游乐并提供酒食的店。
3 在家里戴的簪子，没有过多装饰，单纯为固定头发用。
4 家徽的一种。图案为贵族牛车车轮形状。

的带子结成了贝口状 [1]。后面跟着的人佝偻着腰，像是她的母亲。富枝目送着她们，觉得那女孩长得像刚刚跳"忠信" [2] 的孩子。

"富枝小姐，过来一下。"接着一个女子上楼梯来，只探出头来叫富枝。

富枝回过头去，阿圩在向她招手。富枝站起来走过去，"后台有便当，你趁现在去吃吧。"阿圩说完就先下楼去了。富枝也跟着下去了，来到宽敞的走廊，旁边是厕所，往右一拐，就到了已经作了更衣室的房间前。贵枝在浴衣上束了粉色挎腰带 [3]，站在那里。旁边坐着的演员身穿浅玫瑰红神官服 [4]，头戴岛田假发，绯红色的带有刺绣的衣摆和白色的衣摆交叠在一起，长长地拖在后面；长袖和服的袖兜垂在身体两侧，看上去很重。富枝看着觉得这场面像画一样。

那孩子说是没穿袜子就穿好了衣裳，坐在那里让别人替她穿袜子。

"还有不穿袜子就穿衣服的傻瓜。"监护人模样的人在

---

1 和服腰带系法之一。

2 佐藤忠信（1161—1186），平安末期的武将，源义经的四天王之一，其故事经常成为净琉璃、歌舞伎题材。

3 日本女子腰带的一种，将适当长度的整幅布挎成一定宽度，系在腰间。

4 日本平安时代为公家、武家的日常便服，镰仓时代以后用作正式服装或礼服。现为神官的服装。

旁边训斥着。

阿埒从房间穿过去，微微地点了点头，富枝也跟着一起去了。贵枝见到姐姐，一副不认识的样子，也没打招呼。

"虽然地方乱，但是比起在二楼一个人吃饭要好。"阿埒跟富枝耳语。

"阿作一个人忙不过来。师父，您来一下。"对面房间外一个年轻男子这样招呼道。有人应声出来。听到喊"师父"，富枝以为是在叫有名的美人春弥，仔细一看，是一个身材矮小、肤色偏黑的女人，只见她身穿黑色家徽和服，素花缎的腰带系成矢字结。

富枝被带到一个很大的房间，里面的人一伙一伙地聚在一处，很自然地各占了一块地方。白色的墙壁在灯光的映射下明晃晃的。

店里也来了三个女仆帮忙。千代田袋子[1]、包袱之类的东西放得到处都是，不知装了什么。水果篮子，点心盒子，绳子捆着的香橼[2]等，争奇斗艳地排在那里。连这里都能看到寿司盘子扁平却神气的身影。

富枝被引到放着多层食盒的食案前坐下，一个女仆给她倒了茶。

---

1 荷包式束口的袋子，一般被女性用来放随身物品。
2 香橼，一种水果，也叫枸橼。

"是鳗鱼，你应该能吃吧。"阿垮殷勤地说。接着她又吩咐女仆："下面就到'阿兼'出场了，盆啊，白布啊，都准备齐全了。"女仆马上站起来下去了。

"摄影师，摄影师。"走廊上响起呼唤声。

"门可以开。嗯，门可以开。"夹杂着男人的声音。

"妈妈，妈妈，我头皮痛得不得了，妈妈。"也听到这样急躁的声音。富枝连举筷的勇气都提不起来，眼前的景象让她眼花缭乱，头昏脑涨，她只是呆呆地看着走廊下人碰人。

"啊，请多关照。"忽然一个清澈的声音响起，如刀般斜切开了各种嘈杂声音汇聚的空间。深紫色和服外褂和白色短布袜映入富枝的眼帘。

富枝放眼望过去，看到了她的背影。

洗过的头发自发根扎起，长长地垂在脑袋后面，看上去很重；鬓角的长发上粘着新长出来的短发，看着像是在白净的脸颊上刷了一笔。她穿着泛白的柔软绢布单和服，手提荷叶边布包。富枝凝视着她，那和服似曾相识。女子正准备穿到走廊对面去，蓦地想起什么似的又折了回来。

因为正对着，女子回过头时，就看到了坐在房间正中的富枝。富枝的目光也移到她的脸上，不禁露出吓了一跳的神情。这时对方先开口道："哎呀，这不是荻生野吗，你怎么在这里？"她的深紫色和服外褂衬出了白皙手臂的轮廓。

"三轮。"富枝站了一会儿，怔怔地看着她。

"真没想到会在这样的地方见面。"三轮往入口走来。富枝眼看着那好久不见的神情出现在三轮深邃的眼睛里。三轮没有笑，那闭着的嘴却带着暖人的温柔；长睫毛闪动，眼里像含着泪。

富枝热情地想抓住她的手，内心雀跃着，感到怀念，想把脸贴在她胸口上，敞开心扉对她倾诉衷肠；然而富枝的脸上却波澜不惊，那表情就像看到有东西映入眼帘，又仔细去确认一般。

三轮顾忌富枝旁边有人，没进去。她等着富枝过来，但是富枝不动声色，也没有要起来的样子，三轮拿不准她的心思，撂下句"改天请到我那里去"，就走过去了。走的时候才露出笑容。

三轮，三轮，富枝在心里反复叫着她的名字。她在心里叫三轮的时候，仿佛思念的东西在自己心里清晰地成形了，整个身体中洋溢着快活，见到了一直想见的人那种喜悦缓缓从心底涌出。

"有交情？"阿垮问道。

"我去去就来。"富枝打算去追三轮。

"把这个吃了再去，好吗？"阿垮蹙着眉留住了她，"过一会儿这里会乱成一团的。"

富枝的样子不太高兴。她无奈地拿起筷子，却难受得无法下咽。小盘子里紫蓝色腌茄子和蛋黄色腌萝卜衬着彼此，色彩明丽。

"我不要吃家里的菜。"贵枝任性地说着进来了。

"你也趁现在赶紧吃吧。"

"那种饭菜我不想吃。"她还在闹别扭。千万次把阿睦带来了。

"费了好大功夫吧，这次要票什么的真是费事。"阿埒急忙说。

"富枝你也加入我们吧，怎么一个人待在角落里？"千万次对富枝说道，她今天梳着散岛田髻[1]。

富枝对待千万次的态度，千万次没觉得有什么，阿埒却不高兴了。千万次那样把她当自己人，对贵枝尽了义姐妹的情分，可富枝身为亲姐姐，却无视她的好意，这让阿埒觉得不快。换句话说，富枝要是能对千万次心无芥蒂，也对今天这些事情表示感谢就好了，可富枝做不到。

贵枝对千万次，千万次对自己，这其中的情义富枝不至于不知道。千万次为了贵枝的舞蹈预演会招来了许多观众，

1　岛田流发髻之一，发髻中央结绳处凹陷，给人以松散的感觉。

富枝并非不知感激。要是加入了她们，那份好意也要记下，这点她很清楚。富枝心里明镜一般，却说不出口。阿埒的心思她也一清二楚。

八

她穿着淡灰色纺绸斗篷，下摆处绣着白色勿忘草。小木曾看到那陌生的身影，非常惊讶，去给富枝传话时，竟忘了房田染子这个名字。

染子脱下斗篷时，深紫色厚塔夫绸[1]和服裤裙发出了高贵的微响；她上身还穿着同样深紫色的花纹夹层和服，凸纹纺绸上绣着源氏五十四贴[2]的扇形图案。小木曾担心地看着她把长袖兜拖在土间，脱下了鞋子。她脖子上的金链子晃动着，银色十字架像冰一样凉凉地护住胸口。

她拿起车夫从后面递来的花束，提着和服裙裤后面进来了。她的麻花辫尾反绕进发根，头上系着两个深绿色的蝴蝶结，一大一小，身后的小木曾看着觉得宛如开屏的孔雀。

"你可来了。"富枝站在房间前的檐廊下。染子紧紧抱

---

1 塔夫绸，布面上有棱纹的平纹绢丝织品。厚塔夫绸一般用来做妇女的和服带子及和服裙裤。
2 以《源氏物语》五十四帖为原型绘制的图案。

住她，依偎在她胸前，说了句"贵安"，然后默默把花束递给了她。

点缀着玫瑰的铁线蕨[1]惹人怜爱地颤动着，显出柔弱的样子；康乃馨的粉色似乎代表了送花人的温柔。富枝接过花，银纸上残留着染子手的温度。

"谢谢，我也很想你。"富枝把手搭在她肩上。

"你来这边，家里乱七八糟的。"

"对了，姐姐，你梦到我了吗？"染子紧搂的手没有松开。

"嗯嗯，天天晚上都梦到。"

"哎？真的吗，姐姐？"

"怎会有假，我怎会对染子说假话。"

染子高兴地笑着。

染子很怀念像这样待在富枝身边，她感觉简直像整个身体里的血液都被富枝含在嘴里温热过一遍似的。她希望富枝一直拉着她的手不要松开。

两人就那样紧紧握着手在檐廊下站了一会儿。

细雨微斜，星星点点地下着。胡枝子已近末期，垂丧着脑袋，只剩两处还开着红色的小花，这小花像能被一

1　别名为"少女的发丝"（maidenhair）。

阵风就吹走似的。檐廊下紧闭的玻璃窗也让人有了深秋的感觉。

"您不打算来学校了吗？"染子用白手帕掩着嘴角问道。手帕散发着御园香水的味道，淡红色襦袢[1]袖子下的金手镯闪着光。

"即便我不去学校，只要我们能时常见面就好了，这样不好吗？"

"为什么我不能每天每天这样待在您身边呢，为什么我不是您的亲妹妹呢？"染子说着眼里噙满泪水。

"你要是我的亲妹妹，就要度过不幸的一生了，真是说傻话。"

染子摇头，富枝哽咽的声音让她难过，长睫毛下一双眼睛里含满了泪水，她眨眼，抖去泪水，手一动不动地任富枝握着，站在那里抬头看着富枝的脸。

富枝扶染子进到房间里，让她坐在自己的桌前。染子靠在桌子上。"米兰达公主[2]的故事听到一半，自那之后突然就分别了。"她说着又哭了起来。

富枝想起暑假时，染子的母亲专程派人来接她，带话说"染子因过于思念您而身体抱恙，请您一定来趟大矶，哪

1 和服内衣。
2 莎士比亚戏剧《暴风雨》的主人公之一。

怕半天都行"，她去了大矶一天，看望染子，那时染子额头上敷着冰袋在休息。

染子见到富枝说了句好想她，就一直哭。那天晚上富枝和染子睡在一张床上，她给染子讲了莎翁的《暴风雨》。

"剩下的故事我过些日子再给你讲吧。"富枝边说边拿过被染子泪水染湿的手帕，亲吻着她的泪痕。染子看到这一幕，终于露出笑脸，用袖子擦了擦自己的脸颊。

"你看。"染子把左手上的手镯拿下来给富枝看，翻开装饰用的表盖后，盖子里面刻着 T&S[1]。

染子的胸针上刻着胡枝子，椭圆的金属表面展开成了两半，里面放着缩印的富枝的头像。

富枝看到后默默笑了。

紫都子在里面哭，都满子刻薄地在说着什么，二楼来了客人，家里总让人觉得忙乱。染子顾忌这些，没办法畅叙衷肠，她觉得焦躁，不久后就说要回家了。

看着这个说想念自己还哭了的人，富枝不情愿就这样让她回去；但两人就这样面对面坐着，也会很快失去兴致，闲得无聊，那样也苦恼，于是她们约好两三天内相伴去远些的地方玩一天。之后富枝就让染子回去了，染子的身影没入

1　"富枝"和"染子"日语读音的首字母。

车篷的时候，富枝总觉得像失去了什么。

富枝在校期间，在图书室的时候，在音乐教室的时候，总会蓦然回过神来看向周围，而染子一定站在某个能看到她的地方看着她。富枝朝她点头致意，她会低下头去，突然跑开。富枝和朋友一起遇见染子的时候，与染子一起的人总是拉着染子的袖子，或者搭着她的肩膀，然后染子会跑起来，不知道跑去了哪儿。那是富枝第一次向染子投去注意的目光，然后就是染子寄了信来，用华美的言辞说想做富枝的妹妹。富枝随便回了封信，四五天后当她靠在图书室前的梧桐树上时，染子不知什么时候来到她身后，站在那里，没说话。富枝挽着她的手，和她在校园里漫步，二人约定要做姐妹。富枝记得那时樱花盛开，飘落的樱瓣黏在了染子灰紫色的绫子披风上。

自从染子在文艺会上演了富枝创作的早子姬后，富枝就喜欢写些让染子更加热烈迷恋自己的东西送给染子。

想着这些事，富枝不觉恍惚。她越来越难过：染子冒雨回去后，今夜也会说想着自己睡不着吗？于是便想赶在染子晚上睡觉之前，写封信给她，让她高兴一番。这么想着，富枝就在残留着染子体香的桌前，开始写"致紫姬"，自己今夜想做紫色的梦，被深紫色包围，徘徊在紫色中，想做憧憬紫色的梦，她写道。这时都满子笑着进来了。

"刚才来的那个人喜欢上你了吗？"

"你怎么这么说？"

"你姐夫说刚才那个人喜欢上你了啊。有女人喜欢女人的吗？这种事我平生还是头一回听说。"

"你这话真讨厌，不是这样的。"富枝似乎生气了。

"她要是说想让你做她姐姐倒还差不多，女人怎么可能喜欢上女人呢。你姐夫的话简直太奇怪了。"

"姐夫马上就往那方面想，真是低级趣味。"

"就是喜欢，不是喜欢是什么？"绿紫在隔壁房间说。

"你是她的恋人。"都满子张嘴大笑。微暗的房间里，她刚盘好的圆髻泛着柔和的光。

富枝觉得很遗憾，她本希望那紫色的影子更加纯净一些的。艳丽的红色、污浊的泥色流进来，涂抹隐去了美丽的紫色，让她感到焦躁不安。

"真是惊艳的人，要是被那样的人喜欢就好了，有被喜欢的价值。你很想代替富枝吧，哪怕只是一刻？"都满子嘲讽道。

"真是的，不知道富枝听了这种话会是什么表情，真想看。"绿紫笑了起来。

富枝默默把信纸封了起来，为了不让姐姐看到，她快速填好信封。富枝出神地听着车夫踏着泥泞而去的脚步声，她怀念起玫瑰的味道，此刻紫色人儿的心应该在这里吧。

九

"今天来是为听取您发掘宝藏的经历。"半田穿着西装，挺胸抬头，头上的发蜡一直渗到额际。作为男生，他不算黑，但那口龅牙着实有损他的男子气概。

"你真是消息灵通，尽忠职守。"坐在他对面的是文学家千早梓。他们身前的桌子上杂乱地摆放着新刊杂志。千早一只手耷拉在椅子上，另一只手拿小牙签插着盘子里的梨。

"可以发表吧？"

"不行。"

"为什么？"

"因为我还没决定。"千早的笑脸映在身后书架的玻璃上，里面摆放的烫金字外文书看上去在晃动，像在衬托主人的笑。外文书的顶部有一个裸体"美人"趴在那里，手托着腮，正对着半田那张令人费解的脸，露出魅惑的笑。

"如果你发誓不随便写的话，今晚就让你见那宝藏。"

"如果您说不能写，我就不写好了。请让我见吧。"

"一定不写吗？"

"一定不写，说了不写就不写。"半田的唾沫星子溅到了香烟盒外的泥金画鹌鹑上。

檐廊下某处传来金琵琶[1]的叫声。

"就让我见见吧。"

"你真积极，该不是为了公事要见吧？"

"老实说，也许是。"千早一笑，半田也笑了。

"要是这样，更加不能轻易让你见了。"在千早标志性的夹鼻眼镜之下，眼睛里的笑意还没完全消失，他远眺着大森[2]的海。

灰色的海看上去像要涌到自己的膝盖边来了。薄云覆盖的天空渐渐变得如同一顶斗笠在头顶展开。风吹得栏杆上半开的玻璃窗哐当响了一声，桌上杂志的封面也翻了过去。千早哔叽衣服的袖兜像被吸起来一样飘动着。

"到底是怎样的女人啊？"

"尤物。"

"美，也许不假，不过原是女学生出身，想当化妆打扮的演员，于是堕落走上了演戏之路？"

"不是。"

"从没登过台吧，这样听来似乎没什么价值。"

"喂，喂，你以为是谁发掘的，我不是说了是我将她挑选出来，让她加入朝菅剧团的吗？"

"失敬了。"半田挠挠头，含着的肩透露出他内心的惶恐。

在当时名震实业界的千早阿一郎是文学家千早的父亲。

文学家千早还写剧评，搞创作，编剧本，依靠财力压制艺人社会。只要剧团演过一次他的作品，他马上就会大摆宴席，招待在场的所有相关人员，还带他们去箱根一带游玩。这帮人很喜欢千早这一点，他们知道作者之后还会有求于他们。被那些演员真正尊称为"先生"的，只有这位学士。

千早说唯独不喜欢报社记者，只和《朝夕新闻》的半田精吉交好，对他心无芥蒂。千早在外面的时候，半田也一直如影随形，所以报社内讽刺半田是梓学士的奉承者。

"今晚见见看吧，是你无论如何也想象不出来的人。"

"请一定要带我去。"老婆子拿来了啤酒。

"你说过认识染谷的妹妹，对吧？"

"认识。"

"要不下次把她带来？"

"好呀，您在大力荟萃杰出女性啊。"

"那些已经很杰出的除外。"

啤酒漫出杯子，把胭脂红的桌布浸染成了深色。

电车经过大森海岸，那声音听上去就像经过他们身边时，不好意思直接过去，于是打了声招呼。

<h2 style="text-align:center">十</h2>

两辆人力车在朝菅艳弥家的门前停了下来，门前打扫的车夫看到前一辆车上的千早，急忙双脚并拢，深鞠一躬，身子像被从上方压垮了似的。看到从后面下车的半田后，他用对朋友说话般的语气说："半田，前几天谢谢你了。"

下女盘着银杏卷，腰带高高束起，恭敬地到玄关来迎接客人。朝菅的妻子很胖，据说以前是柳桥[1]的艺伎，身上却丝毫没有留下艺伎的影子。她跪在地上，丰腴美丽的脸上露出了微笑。

主人朝菅穿着哔叽和服裙裤，在侧边的电话间里捏着嘶哑的嗓子，"嗯，嗯"地应着。朝菅把话筒放在耳边看向千早，眼含笑意地迎接他。"不过我说你啊……"之后朝菅对着话筒提高了嗓音。二人跟着下女沿着迂回的走廊来到了院子里，然后绕过院子，踩着踏脚石往旁厅走。

1　位于东京台东区，近世以后作为花柳界得到发展。

"快把毛巾润湿了给客人。阿洋，你去备茶。"听到女主人细细的声音吩咐着，半田再次感慨文学家千早受到的待遇果然有别于他人。

三轮从旁厅的窗户探出头来，但又把头立刻缩了回去。半田觉得池边的白芙蓉像要落到窗边。地上铺着一层深绿色的松叶，湿湿的，非常清爽，仿佛能吸走人身上的尘埃。

"我们来早了。"千早边说边进了房间。浅黄色纱罩下的灯，发着微暗的光。熏香袭入半田的鼻子。掌灯时分，有人踩着踏脚石来点亮了石灯笼。

接着岛田端来了茶，她约莫二十出头，脸上妆容精致，身上穿的像是一套因穿太旧就作了便服的飞白花纹特等绉绸单和服，外面披着素的蓝紫绉纱夹和服外褂，镶满珍珠的戒指闪闪发光，这是她的珍藏品。

朝菅也跟在后面匆忙地进了房间，他穿着和服裙裤，高贵绸夹和服外褂随着走动发出声响，他手里夹着土耳其烟卷。

三轮穿着墨绿色法兰绒和服，腰上系着一根用旧的白色博多绸腰带。岛田目不转睛地看着她把茶放下。

"刚练习完回来吗？"半田问朝菅。

"没错，半田这次哪怕是你的绝妙讽刺之笔，也没有发挥余地了。"

"什么意思，是说演得非常好？"

"那是当然。"朝菅的嘴角不断溢出笑意，脸上带着惯有的殷勤。他很具特色的树叶状大眼睛转动着，仿佛他人的一颦一笑都逃不过这双眼睛。

"谁可能会大赚呢？"千早说。

"应该是植松藤吉吧，他好像也费了不少苦心。"这时朝菅用一种审视的目光看着三轮。

三轮饶有兴趣地听着他们谈话。

"培养女演员，我失败三次了。"

"必然的，朝菅君太早提携她们了。"半田说。

"不敢再试了。"

"现在很多做了演员吧？"

"也有的做回老本行当艺伎去了，各种都有。不再认真研究艺术之道。尤其是没经验的，不行。听说哪怕龙套在她们眼里都是美男子。"

"有点崇拜过度了，换句话说，最终就连对诸位龙套演员她们都充满敬意。"千早看着三轮说。

"所言甚是。没见过演员的样子是不行的。艺伎就是半玩票的，本来也不怎么上心，很快就会嫌麻烦放弃，不过相比之下，好像还是没经验的更加积极。只是相应地，她们也很快就会被其他事物诱惑。有女学生出身的演员被迫去农村巡演，过着艰难的生活。唉，进入社会，战胜诱惑，不管世人的非议，一心琢磨艺术，对于弱势的妇人而言是很难做到的。"

"谁都想成为演员界的女王，也有勃勃野心，但在成功之前往往会误入歧途。这也不全是女人的错。"千早说着又看向三轮。三轮什么也没说。朝菅家的庭院连着酒馆的庭院，那边传来两三把三味线共奏的琴音，粉饰了空气中的嘈杂声，只留下优美的乐音。

灯罩在琴音下微微抖动着，带着一种悠远情趣的三味线琴音听着越发紧了。挂轴画中的祇王和祇女[1]朦朦胧胧的，身姿泛白，裙裾边香烟缭绕。千早盛赞了三轮的品性和她为了艺术自我牺牲的精神等。朝菅稍稍收了话匣子，显出有些惶恐的样子。

"她还有其他职业。"千早说完两人都露出不可思议的表情。

"是画师。"

"画家吗？"半田用充满敬意的口吻说道。

三轮的刘海从中间分成两撮儿铺在前额，朝菅看着她的脸，觉得她像某个广告上的模特美人。不过他只是暗自感

1　《平家物语》中的人物，京都堀川的舞女，祇王是祇女的姐姐。

叹她的美，他也明白了千早如此卖力和这必有某种关联。

"好的，由于三轮小姐登台，我们就尽可能图个方便。"

"开油漆店的吗？"半田还在为此感到惊讶；而且这么漂亮的脸蛋，却穿得这么朴素，难道她心里没有一点这个时代该有的期待成为女演员的虚荣心吗？他怀疑地看着三轮。

"总之你很认真这点让我很高兴。"千早态度不鲜明地添了一句。

"只要有热情就行。"朝菅也这么说。三轮看上去也没有格外高兴的样子。

十一

姐姐的尖叫声把富枝惊醒了，她从床上跳了起来，只见周围一片漆黑，身体像被卷入骚乱的漩涡中，惊恐使她慌张。她站在那里，脸色煞白。

都满子眼睛通红，面色铁青，像是抹了青黛掺墨的颜料；圆髻散开着，浅黄色蕾丝发带埋在头发里；法兰绒睡衣洗得褪了色，睡衣袖子扭成几股，浅黄色捋腰带半松开着，和卷起的衣角缠在了一起。

富枝平静下来，神志也渐渐清明，她看了一眼站在面前的姐姐的脸。注意到姐姐上挑的眼角，她马上察觉到昨晚绿紫没回来，姐姐是在为此猜疑。

长久以来，富枝已经对这种事习以为常、见怪不怪了，但是当都满子塞给她一封信，说是刚刚从绿紫的外套口袋里掏出来的，富枝不知如何是好。那封信的字迹是贵枝的。

都满子马上吵着要去东楼。"不能去东楼，反倒是我们做了丢人的事就不好了。"富枝这样制止她。都满子却说："如果这不是贵枝的字怎么办，你没有权利阻止我。不去东楼和她养母当面说，不可能把事情弄清楚。"她嘴唇泛白，身体颤抖，大声叫嚷着。两人争得气喘吁吁。

"即便她这样做了，这事是真的，姐你就能直接去东楼了吗？"

"就因为是真的我才要去，你说什么都没用，放开我。连你也要站在你姐夫和贵枝那边，是吧？行啊，行，你放开我。"

她一只手用力拂开了富枝的肩膀，富枝倒到了旁边。都满子往客室跑去。

"不行啊。不论说什么我都要阻止你。你要觉得那是真的，把贵枝叫到这里来盘问吧，这种事不至于去问东楼的养母。难道她不是我们的妹妹吗，姐？"

富枝缠住姐姐，让她坐下。小木曾睡眼惺忪地从玄关那边进来了。隔扇门被打开了，黄色的电灯光晕从客室那边流了进来。

"天已经亮了吧，你把那边的门打开。"富枝对小木曾吩咐道。小木曾看着都满子一反常态的样子，满脸不知所措。她不知怎么往那儿一坐，惹得都满子勃然大怒。"让你开门。"她又起身往玄关去了。

"你怎么做随你。我哪来的妹妹！要是妹妹的话，更加无法宽恕了。要丢脸也是大家一起丢脸。我为什么不能去东楼？连你也瞧不起我，包庇贵枝。反正我怎么样都是被人看不起。"都满子说完放声哭了起来。

她痛苦地张着嘴喘息，衣领乱了，胸口袒露着，苍白的脸上挂着泪痕。富枝看到姐姐这个样子，只觉得很同情她。

"让我去东楼，无论如何我都要马上去。"她还想站起来。富枝按着她的膝盖。

"我代姐姐去，姐姐在家里冷静一下吧。你这副失去理智的样子，太不体面了，还是算了。我一定会扫尽姐姐心里的阴霾。"

"失去理智，不体面？是谁让我失去理智的？你都在说我的不是，好呀，我听够了，再也不要听你说了。再难看也不要你管，放开我，你和你姐夫说一样的话来欺负我……连你也站在你姐夫那边。"都满子咬着牙，哭了。

"没那回事，姐姐说的我都懂。是姐夫的不是，我没在帮姐夫说话，姐，你不能去东楼啊。"

都满子趴下身子，接着哭。昨夜的脂粉残留在冰凉的耳根。

姐姐一直以来的心态转为了悲哀，她渐渐变得格外温顺，也没再说什么，富枝便去卧室给她拿和服外褂。

这时醒来的紫都子在缠着小木曾。

"再睡一会儿觉觉。"她齐肩短发的脑袋躺在枕芯上，富枝俯身抚摸了一下。

"老爷没回来吗？"小木曾多嘴问了一句。富枝板着脸没作声，她拿着姐姐的条纹和服外褂准备赶紧走时，才发觉自己身上冷。

小木曾急忙去富枝的房间取和服外褂。

"姐姐，请进来。"紫都子想讨她开心，那样子像是在她那颗幼小的心里，看到富枝充满忧愁的半哭丧的脸没办法不在意。

富枝默默捡起刚才掉在旁边的信。

　　今晚不行　妈妈在哦　后天的话　她要去绀屋町
阿姨那里　不在家　但是　过夜不行哟

富枝反复看着信上写的东西。

确实是贵枝的笔迹。她为什么要做这么大胆的事呢？虽然没有信封不能确认，但可以肯定她把信寄给了山阳堂的编辑。姐夫教她要瞒着家里人吧。富枝想象着，贵枝的肩褶上仿佛覆上了一只大大的魔爪，她越来越急，觉得片刻都不能犹豫了。比起同情姐姐的猜疑，她想的更多的是危险在向小妹妹迫近，她决计马上去东楼。

小木曾拿了和服外褂进来，富枝边套上边往姐姐那里走。到了都满子的房间后，她发现姐姐还趴在那里。富枝从上面给姐姐披上了和服外褂，打算安抚她，让她回床上去，这时听到有人在静静地敲门。

姐夫绿紫回来了。

"姐姐正在气头上呢，你昨晚回来不就没事了。"富枝强作笑脸。绿紫看着都满子的样子，一面想"老毛病犯了"，一面撩起平纹粗绸的夹和服衣摆，若无其事地站在那里。然后他低下头："我昨晚在饭岛那里过的夜。一不小心喝多了，然后就倒下了，回来晚了不好意思。"绿紫擅自在别处过夜时，总是这老一套的说辞。害怕妻子猜疑，瞒着妻子悄悄在外鬼混，不过辩解方式似乎可以更巧妙一些，富枝反而同情起姐夫。

"又骗人，你说谎！"都满子忽然抬起头嘶吼道。

"你去哪儿了，带着贵枝上哪儿去了？"

在富枝看来，姐姐已然准备撕破脸了。绿紫背过脸去，似乎因为睡眠不足脸色有些苍白。

"欲加之罪要不得，凭空妒忌没奈何。"绿紫嘀咕着准备去里间。

"请等一下。"都满子一把抓住绿紫，"富枝，去把信拿来，把贵枝的信拿来。"她双手颤抖着。

"你是不是从我外套口袋里拿出了什么？"绿紫好像立刻想起来了，故意笑道。

"那封信嘛，的确是贵枝寄来的，有何不妥吗？"绿紫又故意反问。该隐瞒的事，绿紫这样和盘托出了，言下之意，两人是清白的。

"我就问你俩去哪儿了。"都满子这样说时，脑海里清晰地浮现出丈夫带着贵枝去某个酒楼喝酒的画面。她自己也成了画中人，感觉就像跃入了丈夫和贵枝谈笑风生的场景中。现在她盯着绿紫的眼神，像已然撞破那种场合，把丈夫抓了个现行。

"那不是信吗，找我的信，有什么问题？"

"你和贵枝有了那种关系，还有什么脸面对大家。"都满子边抹泪边抓着绿紫的手腕戳他。

"说什么傻话，所以我说你是欲加之罪。不论我说什么你现在都听不进去，以后再说。"

"我比你清醒。"都满子渐渐冷静下来，倒嘲笑起了丈夫。不知什么时候，紫都子来到了母亲身后，揉着眼睛在哭。

"我把贵枝当小孩，对她不设防，可她愈演愈烈，每每给我寄那种信，我也拿她没办法。"绿紫静静地看着二人说道。

绿紫慨叹着把贵枝惊人的淫荡事迹说给都满子听，都满子逐渐听得津津有味。

贵枝练习舞蹈回来带着朋友故意从山阳堂前经过，得意扬扬地写那些无聊的信，然后寄来，明明没事还打电话来，以及母亲不在时她对自己的举动等，绿紫一件不落地说了。末了他还笑着说："虽然她是你妹妹，但实在让人头疼。现在又开始迷恋演员，让妈妈头疼。"他话里还有一层意思，既然我对贵枝是这种态度，你应该非常清楚我对她没有爱意。

都满子立刻信了丈夫这套说辞。如果丈夫这样看贵枝，那就不可能爱贵枝，她不再猜疑丈夫，但她还是恨恨的，想教训挑唆丈夫的妹妹。

"果然是因为让她学舞蹈她才渐渐变得轻浮的。多多少少还是秉承了过世母亲的气性。"都满子对富枝说。她为了平息胸中的怒火，最终甚至不惜侮辱自己重要的生母。姐姐这般冷酷无情让富枝无言以对。

绿紫抱着紫都子进里间去了。都满子原本深信绿紫昨晚的住处与那封信有关，随着对信疑虑的消除，了解到丈夫和贵枝没有私情，她也相信了昨晚丈夫是住在饭岛家。

富枝同情姐姐思想单纯。

"你要起床了吗？再睡一会儿吧。一早把你吵醒，真难为你了，还能再睡一会儿。让你这样担心，晚上我带你出去吧。"都满子恢复了平日的精神，甚至是欢喜地跟着丈夫去了。

都满子得知丈夫没有其他女人的时候，就感觉他的爱是专属于自己的；但是这种感觉不会维持太久，一有什么事她就会怀疑丈夫的心另有所寄，可她为自己感到被爱的瞬间喜悦，把一切都抛诸脑后了。

富枝泪涟涟地看着姐姐夫妇的背影。

贵枝是淫荡的吧。姐夫把那种淫荡当作一种趣味，让自己去发现，真是残忍至极。这和抓住一个白痴，让他在自己面前表露白痴状来取乐没有区别。难道不是姐夫蹂躏摩挲着贵枝那尚未成熟的身体，让潜藏在她身体里的淫荡之血涌出的吗？姐夫真是卑鄙，富枝胸中怒气陡生。

即便贵枝不是自己的妹妹，是别人，她也无法原谅做出这种事的姐夫。姐姐呢？从丈夫口中听说贵枝的品性和行为后，如果她信了丈夫的话，怎能不对贵枝产生怜悯？姐姐被嫉妒冲昏了头，连骨肉情分都不顾，还拿小事出气。

小心眼儿的姐姐另当别论，这样的姐夫，自己还打算听取他对文艺作品的意见，学习他的主张，富枝突然连这样的自己也看不起了，连与他同处一室都觉得厌恶。

富枝呆坐了半晌。绿紫和都满子的笑声伴着紫都子的笑声从里屋传来。

白色的光线从厨房的拉绳天窗射入，小木曾在灶下生火，烟飘进屋里来。染谷家今早总算归于平静了，富枝去了自己的房间。

十二

必须严肃劝诫贵枝，富枝在收拾出门的东西，决定吃过早饭就去东楼。

这时半田来了，表示是代表千早来接她的。

富枝没心思去，就婉拒了。半田问："您认识三轮吧？"

显然三轮今天好像有什么事要去千早那里。他说千早电话里说正巧帮他把荻生野女士也请过来，所以他来问问富枝是否方便。

"她加入朝营剧团的事基本上确定下来了，从下次演出开始会担纲要角。"半田说，他一脸很高兴的样子。

富枝最近只和三轮打了个照面，也想着好好见她一面，但是两人长久断了联系，如果不借故制造机会见面，都懒得去拜访对方。富枝觉得半田今天接她正是时候。

"要是三轮小姐去的话。"富枝决定去了。

富枝去自己房间收拾东西后，绿紫说起了三轮的闲话。半田说她是意志坚定的女子。

"为什么这么说，越是这样的女人对男人越是没有抵抗力。"绿紫笑道，"我和她来往密切非常清楚。"

半田一脸惊讶地在坐垫上坐下，这时富枝正好进来了。富枝马上发觉两人刚刚在说什么，然后目光冷冷地看着姐夫的脸。

富枝二人到大森的千早家时，已经是下午了。

房间外四十坪的院子里种满了小松树，但除了成排的小松树外，连一根草都看不见。

房间墙上贴满了主人千早画的漫画，内容大多数是表现当今演员的舞台造型的，旁边挂着一把用姜黄色的布包着的三味线。房间正中摆着白色绫子坐垫，三轮在一字一句地念易卜生的《玩偶之家》。看到富枝，她把垂向书的头抬起来轻轻打了个招呼，然后连微笑也没给一个地说："《尘泥》的女主人公是个好角色。"

"你读了感觉如何？"富枝边说边在三轮旁边坐下，两人并肩而坐。富枝穿着夹层和服，胸口汗津津的，有点闷。从白色遮帘旁漏进来的干燥阳光照到了半扇玻璃窗上。

"我觉得真的很好，尽管有些地方恍如土桥上的累[1]穿越到了现代。"

两人聊了一会儿《尘泥》，然后富枝就三轮要出演戏剧的事问了许多问题，对此三轮却什么都没说。隔壁房间里，千早对客人说："你来年也是博士了吧？"

"我不赞成博士这个称谓，打算跟文部省提出废止博士一说。"

"真是异想天开。"

"不行，没什么比博士称谓更唬人的了。世人都觉得只要成了博士就很了不起了吧。可我觉得不好，尤其医学的不好，成了博士，诊疗费就收得贵，那就是挂牌欺诈师了。这就像国家下令欺瞒国民一样。"

那边传来这番激烈的言谈。两人静静听着隔壁房间里的谈话声。富枝身上的条纹特等绉绸有些发旧，三轮看着富枝的肩膀时，富枝也看着三轮美丽的脸。

"好安静啊。"千早朝里面觑了一眼，打了声招呼。她们二人相视一笑。

千早、半田和到场的客人，大家聚到一处又聊起了《尘泥》。半田说还没看，于是千早就为他和来客讲了故事梗概。

1　歌舞伎剧目《色彩间苅豆》中的女主人公。

游园会表演请来个美男魔术师，某子爵的千金迷恋上了他，最终离家出走，和他一起去了海外，之后她自己也成了一名不错的女魔术师，又回到了故乡。两人在国外期间，男人便因女人的美貌而心生妒意，折磨女人，回到日本之后，那种妒意变本加厉，最终他挥刀伤了女人的脸。

那时女人不喜欢别人在她表演时看到她的脸，说她是子爵的女儿，所以她不恨男人因为爱自己而做出那般疯狂的举动，反而觉得受伤是一种幸运，戴着面具登台。她这样和男人一起变魔术，一如既往地赢得喝彩。女人的脸因男人的爱而变得丑陋，起初她并不怨恨，反而觉得满足；但是渐渐地，渐渐地，她觉得丈夫对自己的感情一点点淡去了，看着镜子里自己的歪嘴和皱巴巴的眼睛，她开始顾影自怜。男人因为错误本在自己，对她更加温柔，女人却渐渐变得偏执，为了不值一提的女弟子之类的问题争风吃醋，折磨丈夫。这时候男人正因艺伎的爱慕而动摇，这使得女人越发嫉妒。

不久之后，有两个男人来到演出场所小田原拜访女魔术师，其中一个是她哥哥，另一个是她的未婚夫男爵，二人劝她悔过自新，回家去。即便是看到她变了的容颜，目睹了她堕落的境遇，男爵仍对她说："我对你的爱不会褪色。"但她却不回家，说："你们放弃我吧。"子爵哥哥一怒之下和她断绝了关系。

回到旅馆后，哥哥和结伴而来的妹妹说了这件事。妹妹为失去唯一的姐姐感到非常难过，瞒着两人去见了姐姐。姐姐不在家，她见了姐姐的男人，求他离开姐姐，让姐姐回家。男人念及自己曾经诱惑女人的罪行，考虑到女人的幸福，便答应了。于是妹妹说，要是哥哥知道自己只身一人来这种地方，肯定要挨骂，便拜托男人今晚带姐姐来松原海岸，然后回去了。男人等妻子回来后，劝她回子爵家："哪怕是为了弥补自己的罪行，我也必须让你回家去。"女人不听，说事到如今，男人为了疏远她，才以为她着想为由赶她走。她大醉后让男人没辙，然后她听女弟子说，自己不在家的时候有美丽的女子来过，她怪丈夫；丈夫告诉她，是她妹妹求他让姐姐回去，然后妹妹就回去了，但女人却不依，说那是谎话。

男人要去松原叫妹妹，为了让她直接和姐姐见面说，也为了解开白天的误会。女人却疑心丈夫的举动，说他一定是去见情妇，当时就威胁他，她作势将伤过自己的短刀架在脖子上，也让女弟子看见，大笑着跟跄追随男人而去。到了松原，她看到一个年轻女子在哭。一看到站在女子身旁的男人，女魔术师突然疯了般从松树后刺向男人。妹妹为了庇护男人，说"我是你的妹妹"，但女人听不进去，最终杀死男人之后她才听到妹妹的声音，恢复神智。清醒过来后，女人吻着死去的男人的脸，就那样昏了过去。便是这样一个故事。

"有意思，真的很好。真想马上就看。"半田听了梗概之后说道。

客人从在德国看的《莎乐美》，夹杂着聊到现在的新派剧没意思，必须要保护旧剧等。这位客人当着三轮的面说，即便女演员呼声高，可现在离真正有演技的杰出女演员出现还早呢，等等。

半田想起绿紫说过三轮对男人没有抵抗力，然后看着她的脸。那双眼睛仿佛一直在渴望着什么，真是多情的女人啊，他暗自认同。

十三

富枝和三轮一起离开了千早家。富枝把今天早上发生的事告诉了三轮，说很担心，想去趟东楼，三轮便也一起去了。从格子门外往里看，贵枝身上的绯红绉绸长襦袢正敞开着，她身上只披着夹层和服，上面绣着大朵紫色鸡眼草花。她侧身坐在那里，正抓着什么东西吃。

"妈妈不在家吗？"富枝和她打招呼。

"嗯，不在。您哪位？"贵枝边吃边出来了。

她看上去像刚从别处回来，还穿着白色短布袜，绯红裙摆翻过来，紫色长袖兜展开着。那样子在灯影下影影绰绰，看上去很美。

贵枝看到姐姐的身影，提起衣摆，套上木屐，下了土间。

"我有伴，今晚不能好好聊了。"富枝看着贵枝说道。贵枝梳着高岛田发髻，外表非常水嫩。

"你昨晚在别处过夜了？"

"没有啊，我昨晚在家，怎么了？"贵枝一脸大惑不解，手里捏着吃了一半的小仓点心。

"你往姐夫那儿写信了吧？"富枝本以为贵枝听了会难为情，没想到她却毫不在乎。

"是他……说会想办法和我会面，打电话让我一定要去，然后又让我写信告诉他哪天方便。我要是那样做会被妈妈骂，那才不得了，所以就寄信回绝了。姐你看了吗？"

"不是回绝信吧，你不是告诉了他妈妈哪天不在吗？"

贵枝不作声，用木屐踩着扔掉的点心。

"贵枝，你不能撒谎呀。"富枝严厉的语气让她害怕。

"姐，请你原谅我。"贵枝马上开始道歉，然后一副快哭了的样子，"是姐夫让我告诉他妈妈不在家的日子，于是我才写了信寄出去。我做错了。"

贵枝悄然低下头，明艳的绯红襦袢衬着雪白的后颈，富枝看了也觉得惹人爱怜，没办法再生气。

富枝反复对贵枝说，听姐夫的话对你没好处，所以绝不能相信他、按他说的做；你得尽量躲着他，哪怕得罪他也不要紧。

"昨晚真的哪儿也没去对吧？"

"没有啊。姐夫夜里来了，但是妈妈也在，所以他就回去了。"

"听说你给姐夫打电话，写信找他，没这回事是吧？"

"嗯，哪有。"她微微一笑。

富枝觉得贵枝可爱得像个孩子。富枝只说了还会再来就回去了，贵枝没有像往常那样缠着挽留她。

富枝来到拐角，三轮在那里等她。二人漫无目的地走在银座的大街上。

富枝很怀念这样并肩而行。

"我们多少年没这样走了。"三轮也说。

砖铺路面的大街上，夜市小摊的灯光和西洋式建筑大商店的瓦斯灯光像在进行眼神较量，形形色色的人走过投下影子。明亮的明信片店前聚了很多人。

富枝想把最近自己对各种事的感想告诉三轮。过去三轮把富枝当作谈心对象，跟她谈在戏剧界立足的抱负，在她面前表露自己的情感，现在却不那样对她了。富枝总感觉两人会照着各自的思路走，不会深聊就结束，这让她觉得不满足。

然而富枝也不觉得因为三轮没有敞开心扉，她们彼此的心就各归一处了。她觉得在二人分别的这段时间里，她们各自都形成了自我，这也是无可奈何的，如同过去二人都以为的红，现在自己看来是紫，而在三轮眼里是黄。二人就这样走着，没怎么说话。

到了京桥的车站，三轮提议一同去她家，富枝就从那里乘电车去了位于浅草的三轮家。

三轮家附近已经静悄悄的，檐灯孤单地守着紧闭的家门，南五味子缠在低矮的篱笆上，叶子呈青白色。三轮带富枝进到家里。她家里收拾得一尘不染，工作看上去进行得有条不紊。花纸隔扇门开着，能看到另一间房间壁龛上挂着清水寺的清玄和樱姬[1]的招牌画，空气中有颜料的味道。

樱姬和服的红看得富枝晕眩，她跟着三轮上楼了。三轮的母亲见到富枝，高兴地说好久不见；富枝见到三轮的母亲也有种很久没见的感觉。

三轮把富枝留在二楼，自己马上下楼去了。富枝看着房间里的摆设，觉得很符合三轮的风格。

桌子旁的墙上挂着奥尔加·内瑟索尔[2]出演《卡门》女

1　歌舞伎剧目《樱姬东文章》的主人公。

2　奥尔加·内瑟索尔（1867—1951），英国女演员，戏剧制作人，战时护士和健康教育家。

主角的彩版剧照，贴在白色的底纸上；旁边并排挂的那张照片让人眼前一亮，上面是扮演茶花女的法国女演员。因为没写名字，富枝只是看着，不知道是谁。

鳄鱼皮化妆包和桌上的砚台盒以及墨水瓶杂乱地堆在一处。文学家千早写的法国戏剧史摊开着，读到一半，霸占着桌子正中。

"泡澡去吗？"三轮在楼下叫她。

富枝下去后，三轮穿着鸣海扎染布浴衣，拿了毛巾在等她。

富枝穿上三轮给她的粗细条纹浴衣，两人到与厨房相连的浴室去了。

门徒丹吾在洗澡水前烧火。他是个哑巴，长得却十分标致，身材小巧，浓眉白肤，生着登台演员一般的脸。说是实际有三十六岁了，但看上去不过二十出头。他是三轮父亲的门徒，如今生意基本上也是由他一手打理。让他画画得有一定的流程，人家预订的画，如果不把草图给他，他就无从下笔。三轮代替父亲给丹吾画草图，他立刻发挥自己的画画天分完成余下的部分。要不是因为残疾，让他画招牌真是可惜了，三轮对富枝说着进了浴槽。丹吾恭敬地低着头出去了。

"你冷吧，进来。"三轮对迟迟没进来的富枝说。三轮雪白丰满的上半身浮在浴槽里，她的目光穿过氤氲的蒸汽，望着灯四周。富枝看着三轮。三轮热乎的肌肤和她冰凉的肌肤在手腕处轻轻碰到一起，富枝觉得格外害羞。

泡完澡后，富枝笑着说："想到你那雪白的肌肤也每天经历着人世间的风吹雨打，就觉得不可思议。"

"是不是宛若天仙？"三轮笑着问道。

三轮的母亲拿出寿司之类的东西招待富枝，然后说，富枝的姐夫绿紫有段时间每天都来，让她们很头疼。三轮没说话，富枝却感到难为情。

然而自己要依靠姐夫生存下去。

父母留下的东西微不足道，恐怕都不够供自己到今天的伙食。尽管如今鄙视姐夫，自己却因为姐夫可以衣食不缺，甚至念了大学，想到这里富枝非常失望。她冒出冷汗，想起有一次她还夸耀说小说家染谷绿紫是自己的姐夫。

富枝把自己的想法告诉了三轮，然后说想离开姐夫自食其力。对此三轮什么都没说，倒是看着奥尔加·内瑟索尔的照片，说起了这样的事："这个女演员演了萨福[1]和卡门后，因为过于妖艳，魅惑众生，政府以淫乱为由迫使她停止演出。"然后她陷入沉思，目光像在憧憬着，追逐着，想抓住

1　萨福，古希腊著名的女抒情诗人。

什么一样，浴衣外的粗格子特等绉绸夹和服也很漂亮，细细的博多绸伊达窄腰带[1]也松松垮垮的。

富枝觉得自己一个人这样白白看着那张美丽的脸很可惜。她这么说了之后三轮看着她的脸微微一笑。富枝被热水熏红的手无力地搭在桌子上，三轮翻弄着她的手，捏来捏去，没再说什么。

二人没有触及彼此的心事就分别了。尽管如此，富枝回去时，三轮还是送她去了电车站。富枝只感觉三轮和她在一起时总是提不起兴致，就回麻布去了。

十四

染子来信说她生病了，一个人搬去了田端[2]的别邸，依旧写了很多"想念姐姐"的话。

富枝打算中午去看看，没想到大和座的作者来访了。

他就《尘泥》的下次演出进行了充分的协商，还说想听意见，也说了大致定下来的角色等。他还转告富枝，为了与革新座的朝菅艳弥对抗，他们这边决定由同样被称为新派骁将的大和座加美泽杜鹃一派来演绎，田里有明将扮演女主人

1　妇女穿和服时，为防止衣服走样，系在宽腰带下面的较窄的腰带。
2　东京都北区的一个地名。

公小满名，他说女演员很想见富枝一面。

这个男人略微麻脸，薄薄的头发被捋了上去，和服前面很宽，上半身较长。之前有一两次，他润色了绿紫的小说，并将之搬上舞台，从这点来看绿紫应该和这个作者很熟，但绿紫却故意避开不来这里。富枝果然经验不足，对一切都毫无准备，连之前想提的要求也想不起来。

"请照大家认为好的方法做吧。"富枝没表态。

"或者您和染谷先生商量一下。"吉樱说道。但是，姐夫会说些不好听的，你自己的东西想怎么处理就怎么处理。富枝想着，与其找他寻求意见，让他说自己写的作品难处理，不如全部交给表演者比较好，还是不和他商量比较明智。

"姐夫比较怕麻烦。"

"那就不麻烦他吧。"吉樱说完回去了。后来吃饭的时候，富枝见到了绿紫，但绿紫什么也没问，富枝也没作声。只有都满子一个人一副很高兴的样子，说："田里的小满名很好，肯定会受欢迎。"

绿紫笑着说，作品一定会受到各方的批评，不过不能生气。

富枝出去了。外面完全放晴了，天空的蓝色像是从几万丈深的底部透到表面上来的一样。走了一会儿，热了起来，缎子夹和服表面像起火了似的。阴历十月，风和日丽的日子，空气很干燥，让人感觉呼吸都不顺畅了。

富枝来到田端。

染子连头发也没扎，就那样胡乱披散着，女佣牵着她站在门口。在秋日阳光的照射下，深葡萄紫和服外褂的颜色看上去很明亮。

女佣说染子昨晚一整夜都在说富枝，一点没睡，还拿出趴趴玩偶，吩咐送去富枝那里，告诉富枝这是染子的遗物，哭得很凶。染子也说昨晚就是觉得那个玩偶好像要说话，要把自己所想的事情毫无保留地告诉姐姐，然后她从怀里拿出那个趴趴玩偶给富枝看。

"昨夜把阿滨吓到了。"染子看着女佣笑了笑。

染子的目光有着磨过的刀一样的锋芒，她的脸色苍白得像会反光。

"你看这个玩偶的嘴是不是像要动一样，眼睛像在看着姐姐吧。我的心住进了这个玩偶里，她会哭着说想姐姐。"染子抚摸着玩偶说道。富枝忽然拿起染子的手，亲吻了她的手背。染子脸红了，她把脸埋进富枝的袖子里说："您多亲几下。"

阿滨告诉富枝，染子说在富枝来之前不要任何人动自己的头发，所以才这样像疯子一样乱糟糟的。富枝便用丝带替染子扎好头发，然后富枝清楚地告诉染子："不论你怎么喜欢我，你就是你，我就是我，我们出生在这世上不同的家庭已是注定的，无论如何我都不能和你住在一起共同生活，所以你不要再因为想些傻事夜里不睡弄坏身体让父母担心。如果你再这样，我决定为了你好，再也不来了。"染子听完这话，眼睛已经湿了。

她哭着说："爸爸、妈妈、哥哥我都不喜欢，只喜欢姐姐一个人，所以不愿和姐姐分开。"

"不论你多么喜欢我，我都不可能这样一辈子在你身边。"

染子听了静静走到窗帘下，将脸趴在上面。身后钢琴架上的乐谱和金夹子一起滑了下来，掉在地板上发出清脆的声响。

染子一直在哭，富枝站在原地看了她一会儿。

富枝决定今晚留下来过夜，这才终于平复了染子的心情，两人一起从后院出去了。

天空原本像玻璃器皿里盛了浅蓝色水一般，但不一会儿便投上了夜幕即将降临的微暗影子。在路边成排杉树的掩映下，房田家洋房深棕色的油漆看上去颜色腐旧。

她们站到小坡上时，三河岛的田野被一览无遗。

"你好像很冷啊。"富枝说，染子光着的脚看上去很冷。

（轻轻乘坐，纵然乘坐……）不知从哪里传来断断续续的琵琶曲的吟唱声。两人并肩站在那里，歌声仿佛回荡在她们脚边的草丛里，一朵独自开放的紫苑颤抖着。用白丝带扎起的头发贴在染子苍白的脸上，发丝随风飘动。草丛中红色的马蓼花和染子淡粉色和服内衬的袖子，在那处景色中显出些许温柔。

富枝蹲在那里眺望着田野。

土色、黄色、深绿色、黄绿色等斑斓色彩延伸开的田野表面笼罩着一层淡淡的暮色。四周茂密的松树、榛树中间，木板屋顶的房子远看好像可以随手捏起来放到掌心中似的。工厂的烟囱有些冒着长短粗细不一的烟，有些没冒烟，有些看上去像在彼此相视而立，另一些背对背站着，仿佛各个工厂在进行着势力的较量。

天边的云翻腾涌动着，如断岩立于浊浪之中。从断层处可以看到一片红色的火烧云，像一匹扎染出的红布，转瞬间，不知什么时候被冲走了。

富枝忽然想起未曾见过的故乡，然后脑海中浮现出了未曾谋面的祖母的样子。

富枝一想到那是自己必须赡养的祖母，最近却连只言片语的问候都没给她写，就觉得自己非常不孝，她也想起了继母。

然后富枝又觉得想念染子，于是牵起了染子的手。染子站在那里，孤单地看着富枝所看的地方。脚下的草坪吹来秋天的凉风，两人的肌肤都感到一丝凉意。

十五

染子不顾阿滨的阻拦，昨晚穿着江户青紫色双层夹和服就睡下了，说是因为姐姐喜欢。现在富枝站在走廊下，反复回味着自己半夜忽然醒来，看着白色床单上染子睡着的身影，长长的衣摆缠在脚上，那感觉像一场不可思议的梦似的。

天空阴沉，院子里的色彩混沌而含糊。染子站在盛开的大丽花前摘着花。富枝从走廊下给她送去微笑，染子却依旧低头站在那里，手指弹着大丽花的花瓣。

富枝心底忽然涌出自豪感，想让那个美丽的人儿顺了自己的心意。

"到这边来。"富枝叫了她一声。染子抬头看了看富枝，却不正脸向着她，然后往篱笆后面去了，只留下昨夜和服的紫色长袖在冰冷的颜色中摇曳。

染子洗完脸后不知躲去了哪里，也不露面。阿滨说："难得您留下来过夜，她没有平时一半闹腾，真是不可思议啊。"富枝默默笑了。

富枝来到房间，桌子上放着当天的早晚报。她打开上面的那份，一看社会版，第二段那里的标题"朝菅剧团的新人女演员"立刻映入眼帘，还插了一张三轮美丽的照片。

照片上写着"千早阿一郎的梦中情人"。梓学士把她从女戏剧团那里挖来让她在朝菅剧团出人头地原来另有内情，报上这样写道，最后讽刺道："在舞台上的表情可能会让阿一郎神魂颠倒吧。"在这版页面上，三轮照片中微笑的脸被印得格外清晰，仿佛她在骄傲地将那报道公之于众一般。

尽管有半田在，记者还是写了很大胆的内容。富枝还没看完就觉得是假报道。三轮肯定会非常愤慨吧，她感同身受地想。虽说三轮受千早关照才得以加入新派演员剧团，但为此蒙受不实之罪，她一定觉得不甘，她一定会为自己的人格受到伤害而难过。

富枝拿着报纸站了起来，看到面前穿衣镜中的染子，她回过头去。染子站在走廊下的柱子那儿，富枝走到她身边牵起她的手，嘴靠到她红红的耳垂边问："怎么了？"

"怎么不到我身边来？"富枝再次问道，她也知道自己心里不安。

染子的脸颊如牛奶般嫩滑，富枝简直想亲一下，看看染子害羞的样子。

"那个。"富枝摇了摇染子的肩膀，像在请求什么期望已久的事，可染子却低着头，不言语。

"你说点什么呀。"富枝又摇了摇染子的肩膀，染子披散着的头发从后背和柱子之间滑落到富枝的胸口。染子眼睑上残留着的薄粉也很可爱。她朱唇半张，呼吸急促。

染子像情窦初开一般，眼神动情地闪烁着。富枝凝视着她的眼睛，不由想起了秋成的故事[1]。

公子非常疼爱美丽的家童，家童死去后，他疯了，哪怕家童的尸体腐烂了，他还是舐其骨，食其肉，执着于此。富枝想起这个凄美的故事。

荒废的寺院里，夜不能寐、瘦得只剩皮包骨的公子，剥下家童身上的和服，吃他的腐肉，这画面栩栩如生地浮现在她眼前。富枝感到毛骨悚然，她离开染子，而后再去看染子，她再次想起昨夜那不可思议的事情——染子爱恋自己，想知道今早染子是否过得有种爱恋终于成真的感觉。

十六

富枝在田端待了两天，第三天中午时回到了麻布。姐夫姐姐都不在家。

她听说自己在田端期间绿紫也没回家。小木曾告诉富枝，都满子刚才出门去了东楼，她大发雷霆，说绿紫一定是

1　典出上田秋成《雨月物语》之《青头巾》。

带贵枝去了什么地方。

富枝心想让她们闹个痛快也好。

她进了自己的房间。不记得染子哪天拿来的玫瑰已经枯萎了，花茎和叶子全干了，像滞销的发簪一样。富枝坐到花旁，反复回想着这不可思议的两三天。

脑袋中的血液始终在翻腾，一看东西眼前就金星乱冒。昨夜的事，前天的事，朦朦胧胧像梦一样；感觉就像第二天早上神清气爽时，回想起深夜头脑疲惫时看的戏。富枝的意识模糊了，就像从前天开始到现在都睡在这里，一切都是自己描绘的空想，只有人物是现实里存在的。

阴沉的天色映在障子窗上，房间微暗，富枝靠在那一碰就咿呀作响的桌子上，感到了连日来的睡眠不足，不知何时便迷迷糊糊了。

在含混的意识里，富枝看到染子从对面朝自己跑来，想着她要是快点来到自己身边就好了，可她却总是不靠近。自己想主动靠近她，可脚下却重得像被吸在地上一样，不能动弹半分。

染子还是在朝自己跑来，就在富枝这样想着时，小木曾把她叫醒了，说是晚饭准备好了。她正想起来，却眼前一黑，脚下踉踉跄跄，肩头像是被谁按住了似的，口中焦渴。

"哎呀，您的脸怎么煞白成这样？"小木曾惊讶地看着富枝。

"你系的腰带是紫色的吧？"

"嗯，薄毛呢的。"小木曾让富枝摸了摸腰带前面。"看上去像绉绸的。"富枝笑道。

富枝感到很无力，她凝神去看那条腰带，这时突然响起吵闹的汽车声，都满子带着紫都子回来了。

姐姐既没说去了哪儿，也没说去做了什么，只是披着紫灰色的外套在火盆前咕咚咕咚地大口喝茶。她看上去像是气血上头，眼里布满血丝；又像是喝醉了的人一样，脸颊、眼角连额头都红了，只有在火盆上烤火的那只手像霜打了般，冻得苍白。

富枝让小木曾在一旁伺候吃饭，她偷瞟着姐姐的样子，心想她去了东楼之后一定被贵枝的妈妈大骂了一顿。富枝觉得过意不去，好像自己问什么都不对，所以什么也没说。

"你刚回来吗？"都满子冷不丁问道。富枝怔怔地看着她的脸没回话。都满子接着提高声音说："最近你经常擅自在外过夜呀。你不觉得这样的行为会让你的品行渐渐放荡吗？你和染谷一起不回家，我没脸面对外人了。一个个都这样，真是连一个像样的姐妹都没有，尽是不检点的姑娘到一家来了。"

富枝觉得她在拿自己出气，没说话。都满子趁势说出了许多事。

"我要马上告诉老家的人让他们叫你回去。学也不上了，还外出不归，到处游荡，这样还说在做文学研究，简直让人傻眼。反正你做这些的时候也成不了正经事，只会堕落。首先这样下去于你于我都无益，所以要让你回老家，不能留你在你姐夫身边。"都满子甚至连这种话都说了出来。富枝默默走出家门，来到门口，雨点打在脸上，她却不打算回去拿伞。

"你最好别回来了，丢下姐姐想去哪儿就去哪儿吧。"姐姐焦躁愤怒的声音像紧咬在富枝身后似的，隔着窗户传到她耳朵里，中间又听到紫都子"哇"的哭声。

富枝到了厨房门口绕去后面，隔壁人家双层的障子窗开了条缝，隐约能看到人影。她从下面穿过去后，小木曾从后头追来，叫着"小姐，小姐"。

"请您留在家里，要是老爷回来了又要开始闹，我一个人应付不来。"小木曾一脸提心吊胆，带着哭腔说道。富枝盯着她的脸看了一会儿，丢下一句"我不管"就走了。

"我说，小姐，小姐啊。"小木曾不停地叫富枝，说话也顾不得礼貌了，可富枝却头也不回地去到大马路上。

她坐电车去了三轮那儿，三轮不在家。富枝到的时候雨下大了，她一身的和服都湿了。三轮的母亲劝她一边烘衣服一边等女儿回来，富枝便进了屋子。三轮的母亲一面说些感谢的客套话，一面问她怎么有阵子没来了。报纸的事情富枝有所顾忌，就没问，三轮的母亲倒主动说了起来。

"那样的事情登了报，她也很生气。说什么因着某种缘由那位先生要让她留洋，说得跟真的似的。"

"那位先生是指千早吗？"富枝很惊讶。

"嗯，是谁不知道，不过她怎么狠得下心抛下我这把老骨头啊。"三轮的母亲已经湿了眼眶，"要是能出人头地倒也好说，但这可不是五天十天就能往返的，你说是吧？"

富枝点点头。三轮的母亲就此收了话匣子。雨下得更大了，雨滴砸在附近的白铁皮屋顶上，发出很大的声响。

为什么千早会出留洋的费用呢，富枝百思不得其解。关于这点，她一会儿怀疑三轮，一会儿又猜想三轮是不是和千早有什么关系，却没法轻易找出合理的解释，就这么想着不知不觉天黑了。

三轮还没回来。三轮的母亲说她是和千早有约才出门的，所以可能会晚一些回来。富枝不知道要等到什么时候，不好意思让三轮的母亲专门陪着自己，于是借了雨伞就离开了。她留心着，没准会在半路碰见三轮，却连长得像三轮的人都没遇到。

如果只是报纸报道的话，千早应该不会拿出留洋的费用，是三轮利用了那则报道吧，可能名誉损失赔偿费成了留洋费用。原来如此，若非如此，也许报纸报道的是事实，富枝厌恶地想。

富枝总觉得和三轮的距离变得很远了，觉得三轮好像处在与自己对立的敌阵中一般。

她在切通上¹下了车，去自己的剧本《尘泥》即将被搬上舞台的剧院看了下。

雨停了，只有孤零零的招牌挂在那儿，边框被雨打湿了。入口的铁门锁着，门上锈迹斑斑，像永远不会打开一样。富枝难以想象开场时，轿车马车群集于此，打扮得像要登台的大小姐们裙裾翻飞着进场的场面。这座剧场像是远古的纪念建筑，看上去庄重阴沉，里面一片漆黑。对面戏剧茶馆店门紧闭，屋檐下挂着薄薄的印花门帘。

富枝站了半晌，想着被称为新派一流的演员们就要在这里为了她所写的东西劳身伤神吗，然后她又想，会有很多人来观看并认真地评论吗。她并没有体会到心飘飘然的自豪感。

三轮自己都觉得加入区区新派演员剧团这件事可笑，可她这样既无地位又无名气的女流之辈，居然借着这次的报道，

1　公交站名。

创造了飞往欧美的幸福，富枝觉得很了不起。

三轮那清晰的吊梢眼在微暗的剧场前浮现，并且富枝连这样的场景都想到了：几年之后女演员学校也没出什么令人瞩目的演员，新人演员像春天的幼蕨般一个接一个冒出来，在她们还未舒展开身子的时候，三轮已经在西洋靠人气有了名声，广受好评，荣归日本。

富枝回到来的路上，从那里走到上野。

天空中的云像伸开的大手在抓月亮，时而抓紧，时而放松。富枝进了山手线电车车站，她嫌借来的伞累赘。

电车里穿礼服大衣的男人和穿和服裙裤的男人，彼此满脸惊讶地打着招呼。富枝在他们旁边坐下。其中一个男人话里有这么一句进了富枝的耳朵："那边的电车，我跟你说，真是脏。"富枝把听到的"那边"当作西洋，心里不由一颤。

乘务员在本子上一一登记了行李号码。电车的地板下发出了声响，让人觉得像站在即将喷发的火山山脉上。富枝眼神不安地看着自己脚下。

富枝上电车是打算去染子那里，但一路上她都没想染子。

深夜的漆黑从四周向富枝袭来，想到安静的家中染子的呼吸，富枝突然很想念她。

富枝从后门钻进去绕到厨房门口，染子家没人发现她来了。

"是获生野小姐吗?"出来的老婆子向前探出灯笼说,她的白发在光的阴影下晃动着。

"小姐回主宅了。"老婆子又说,事先声明一般。

说是染子病情加重今天中午时分夫人带她回赤坂的主宅了。

"加重? 今天早上明明好好的。"

"突然不知怎么的,从中午开始好像就不舒服,请来了夫人,说是还要顾及医生那边的情况。"

富枝失望地坐到了厨房的踏板上,感觉好像从熄了灯的里间传来了染子的声音。

老婆子热心地点着灯笼送富枝。富枝从田端的停车场回去时已经八点多了。

富枝很疲惫,她打了个寒战,脖颈上起了鸡皮疙瘩,她很清楚那是因为毛孔绷紧了。她问了老婆子很多染子的情况,却什么也没问出来,老婆子只是这样说:"小姐好像说约了什么人今天来,她等的人该不会就是您吧? 夫人说让您来哪儿都一样。"

电车来了,富枝迈着沉重的步子上了车。满车都是赏红叶归来的人。湿润的红叶打到富枝的脸颊时,她打了个寒战。她担心自己的身体,觉得可能是发烧了。

富枝不想回姐夫家，可外面也没有相熟的人家可以留宿，没办法，她又回到了箪笥町。进家门时，她双手扶门，想起借的伞忘在了外边。

她问小木曾，小木曾说都满子已经睡下了。小木曾正在给紫都子看漫画书，陪着女孩玩。

"你还没睡呀？"

"爸爸还没回来。"紫都子抬头对着姨母说，一脸担心。

富枝进到自己房里，总算松了口气，茫然地站在黑暗中。小木曾小心翼翼地拿来了灯，放到台子上，红润的手捻着灯芯，在富枝疲惫的眼睛里，不知为何那双手看上去非常大，清晰到让人恶心。富枝觉得自己的眼睛好像要被那双手吸进去一般，她惊慌地将目光移向旁边，视线所及之处一片漆黑。

富枝呆呆地倚靠在墙上，不知什么时候小木曾给她铺好了床，来到她身边小声说了句"您晚安了"，就走了。富枝连和服都没换就钻到床上。头一贴到枕头上，她就感觉沉重的身体像要一点点陷入地里一样；尤其头变得越来越重，几乎动弹不了。富枝什么也没想，只感觉自己的头像正从两边向中间一点点麻掉，然后睡着了。

富枝忽然听到男人呻吟般的声音，惊醒了过来。刚从梦中醒来，她的胸口像要裂开一般惊悸着，她感觉男人的呻吟声还萦绕在耳边。

"那我就照你的心意做。"这句话听得非常清楚，是姐夫的声音。接着她听到了姐姐的哭声，还传来脚用力踩在榻榻米上的声音，不知是谁站起来了还是怎么了，马上又听到小木曾说"好了好了"。富枝一动不动地缩在和服大衣里屏住呼吸。

然后客室那边就安静了。

富枝睡了一觉，同时也发了热，全身像被火烧似的。她忽然想起从田端回来的路上异常困难，现在可以这样安稳地躺在被子里休息真是难得的幸福，于是很开心。富枝翻了个身，把滚烫的手伸进棉衣被冰冷的袖子里。

十七

富枝病了，早饭也不想吃，更别说从床上起来。小木曾脸都没露一个，是在厨房忙吗？都满子也没来看她。富枝有时醒来犯恶心，然后又昏昏地睡去。

中午时分，小木曾拿了鸡蛋来，说："不吃点什么身体没力气的。"富枝不想吃。她醒来后去厕所时，小木曾闻到她棉衣被里面的汗臭味，吓了一跳。

"好像病得很重啊。"小木曾又仔细看她的脸色。富枝脚底是飘的，照进檐廊的阳光刺得她眼睛疼。

富枝正准备回床上时，小木曾把昨晚桌上的信拿给了她，是染子寄来的。

"您病得很重呀，很难受吧？"小木曾又问道。

"没什么要紧。"富枝只这样回道，然后就专心读起染子的信，小木曾把她随意散在枕头上的头发掠好，又拿来睡衣劝她换上。富枝说不要，光是想想冰凉的东西贴到皮肤上的感觉就让她身体起鸡皮疙瘩了。"那我给您暖好拿来。"小木曾说完就出去了。

小木曾很快把守田的中药煎热了，盛进碗里拿来。富枝闻着散发着热气的药香，拈着茶碗的边和底，把药不情愿地喝了下去。小木曾很快又起身出去，抱来睡衣让富枝穿上，为了防止热气散掉，她是把衣服卷起来抱的。富枝一脱下和服，全身就凉了下来，甚至开始打冷战。布料贴到毛孔上像针扎一样，但一到床上又热得让人发懒。她睡着了，身体像被吸进睡意里似的。

富枝睡着的时候模模糊糊感觉有人进进出出，好像都是小木曾。自己好像也喊了一次她的名字，进来的人一看到她睡着的脸就慌忙出去了。

过了一会儿富枝醒来的时候，发现浸了汗的和服湿漉漉地裹在身上。她低声唤了下小木曾，小木曾不一会儿就来了。

"给我打点热水。"小木曾马上取了热水来。

拿热水的同时还带了药。

"您不吃点什么不行吧。"

"可我没胃口。"富枝起身搓着双手说身上疼。

"晚上给您按摩一下吧。老爷刚刚说最好叫山崎先生来。"

"医生就不用了。"富枝说道，她觉得不可思议，为什么姐姐一点不把自己的病放在心上。都满子平时明明比谁都声势大，总大惊小怪地担心妹妹，现在却连问都不问一声，真是奇怪。富枝没想到昨天中午的争吵会牵连到这样的事情。

"姐姐怎么了？"富枝随口问道，小木曾却一脸不知如何作答的样子，沉默着。她觉察到富枝话里含着怒意，感到害怕。都满子刚才对小木曾说，富枝睡着是因为没脸面对自己，所以装病。小木曾原本打算告诉富枝和她一起不忿，但一想到富枝话里带着怒气，想说的话就僵在嘴边。再火上浇油说些令她不快的事，好像有点过意不去，所以什么也没说。富枝也不想问。

到了晚上，小木曾和昨晚一样，放下灯，罩上灯罩，就走了。富枝想起昨夜看到灯光时不舒服的感觉，今天反而觉得好像有点来了精神。

第二天，富枝已经能下床了，有了空壳子接下来将被填满的期待，病好后虚脱的身体比倦懒无力时的身体要舒服一点。过了一天卧病在床的日子，翌日，也就是今天，富枝体会到像病了一两个月后终于能起来了的那种快乐。她在客室见到了姐姐。都满子没开口，她在镜台前梳着头。富枝站在她后面默默看了一会儿。

"姐姐在睡觉觉吗？"紫都子坐在那里抬头问富枝。

"小紫都，真乖。"富枝低着头微笑。这时小木曾来问道："今天要喝粥吗？"

"真是病得不轻啊。"姐姐冷笑着说。富枝越过姐姐的肩膀去看镜子中姐姐苍白的脸。

"喝粥有点小题大做了。"富枝把姐姐的话当玩笑，回自己的房间去了。

晚秋阵雨后的空气，即便是在屋檐下也让人觉得凉。富枝关严障子门，将手揣在袖子里，身子倚在门上。

富枝的心阴郁而孤独，和阴沉的天色映在障子门纸上的颜色一样。她觉得自己周围的一切看上去都那么无趣，令人腻烦，连和平时自己房里一样的榻榻米的颜色，看久了都让她难受。如果现在能突然发生点什么，迅速转变眼前的境遇，自己便满足了。只有早上，她才能为吹着风也不觉得冷的那种舒适感到快乐。那时候她连见惯的一切都觉得新奇，不论看什么眼里都满是欢喜；但随着身体复原了，她一度似鲜花盛开般的好心情也复了原，被寂寞填满。富枝陷入了沉思。

要是平常，现在是姐姐准备好点心叫她的时间了。为什么姐妹会变得不睦，连一句话都不说了？这让她觉得懊恼。富枝来到客室，都满子在看报纸。

富枝像平时一样，故意笑着问了声："已经到茶点时间了吧？"

"是啊。"都满子只回了这么一句，露出涂白的脖子，柔软的手搭在报纸上。

"真好笑，吵架太没意思了。你说这是怎么了？"

都满子不作声。报纸看到一半，她笑了起来，好像看的报道中有什么好笑的事情。

"彼此摆臭脸有什么意思？"

"一点意思都没有。"都满子说着坐了起来。

"那我们就和平时一样不好吗？姐姐你真够没心没肺。"

"可不没心没肺，就是没心没肺才能多活一天。"

"姐姐只顾吃醋就好了，对什么都没心没肺。为姐夫打扮，为他生气，为他哭，这么就够了。姐姐眼里根本没有什么姐妹。"

"我不想要给我添堵的姐妹。"

"不想要也甩不掉吧。"

两人这样争执着。和对贵枝不同，都满子无法对富枝毫不客气地说出自己的猜疑。都满子为了消除自己的疑虑，本想询问妹妹前几天的住处，但是感觉自己的心思会被看穿，所以没能问出口。她没办法轻易地说一句"是吗"向妹妹敞开心扉，不过说话时又有点不好收兵的语气，一副心情不太好的样子。

我会和你们分开过的，不用担心，富枝说。之后她又笑着说，自己也讨厌卷到那小桥桩下的漩涡中。

"那样最好。那样一来什么都按自己的心意来，最好不过了。"都满子这样说，搅拌着火盆上架着的锅里的牛奶。

十八

富枝把自己一个人闷在房间里待了两三天。

她不想待在家里，转而想想去处，又觉得全是没意思的地方。想见染子，但在见她本人之前还要找人一一安排，见那些人让她觉得麻烦，于是她也打消了探望染子病情的念头。

夜幕降临后，淅淅沥沥下起了雨。家里的人穿上了棉服，还在互道今天真冷。富枝的房间终于也搬来了火盆，各个房间关起拉门的声响，像在昭示着这是冬日蛰居的准备之一。

富枝穿上外套出了门。

她上了电车，淋了雨的人散坐在各个角落，看着都很冷。身上的感冒尚未完全好，还未适应天气的肌肤又被冰凉的风吹着，让富枝觉得不舒服。

她到了东楼。店里的女仆只有两个来玩的，其中一个在弹三味线；贵枝在唱歌，刚刚绾好的唐人髻油光水亮。富枝一来，女孩子们就马上停下来回店里去了。

"都满小姐真叫人傻眼。"阿垳冷不丁对富枝说道。她一边拨算盘一边想着什么，然后把算盘放到一边，啪地合上了膝盖上的账本。

富枝感觉很久没见家里这些人，甚是想念大家。她招贵枝过来，问道："还是老样子吗，身体都好？"

"她是整个家里最生龙活虎的。"

贵枝默默微笑着。那微笑的脸在富枝看来有点圆滑老练，富枝简直不敢相信自己的眼睛。

"有富枝小姐喜欢的金玉糖吧，去拿来。"

"是。"贵枝连回话都和平时两样。她坐到零食柜子前淑女地拿着东西，富枝像在观察某种实验似的盯着她看。贵枝和服外褂的袖子还是很长，和平时一样，细细的脖子上搽了很厚的粉；然而她用灵巧的指尖将糕点从大盒子中拿到小盘子里，再用筷子将柜子里的东西拨回原样后紧紧关上玻璃门，举着托盘端起糕点盘子站起来的样子，和平时的贵枝完全不同。

"姐，尝一个吧。"贵枝又说。富枝忘了回答，只是盯着贵枝的脸看。

"上次的事情后，都满小姐怎么样了？"对于阿埒的问话，富枝觉得详细回答实在难堪，只说自己当时也生病了，不太清楚姐姐的情况，也不知道姐姐来过这儿。她之后就一心只顾着进一步探究贵枝态度的变化。

阿埒把都满子来这里时的状况全部告诉了富枝。阿埒相熟的人当中，除了富枝，这些话她没人能说，即便说了，对方也都只是像凑热闹看报纸社会版发表雷同感想的人一样，没一个能给她回应，发表关于那件事的中肯看法。在那种情况下，就阿埒的立场来说，她怜悯贵枝，她觉得要是聊天的人是富枝，不仅会给出安抚自己的回答，而且富枝自己也应该有希望她可以倾听的抱怨；但富枝并没像阿埒一样情绪激动地对姐姐说长道短，更何况那件事让她受到了奇怪的误解。和姐姐至今不睦的事情她一点都没说，富枝觉得不只是对阿埒，那种羞耻的事情她不想对任何人说。

贵枝老老实实地默默听着二人的谈话。

富枝想知道是什么原因使得她的态度在短短数日间发生了如此大的变化。可能因为有什么事情被狠狠训斥了，贵枝这孩子虽然任性，但也有着与年龄不符的老成之处。富枝觉得她可能因为严厉的训斥，锐气受挫，身上所有孩子气的地方都被抹去了。富枝判断这训斥大概关乎她与姐夫的关系。

"贵枝你本分了许多，看样子是什么药见效了啊。"贵枝身上不见了纯真可爱，富枝为此感到不满，故意冷言冷语道。

"并不是，因为富枝小姐来了，她在卖乖呢，不消一会儿就露出尾巴了。"阿埒说着漂亮地一笑。贵枝害羞似的在领子上蹭着下巴，低下了头，那在富枝看来总带有种令她不适的造作感。

尽管贵枝让富枝兴味索然，富枝还是告诉了阿埒今天来所为何事。

阿埒蹙着眉头，那表情像是听到了什么大难题，说："你怎么又起了要单过的念头，家里发生了什么不愉快的事情吗？"比起是否答应帮富枝办事，她想先问这个。

"倒也不是，只是觉得一个人舒坦。"

"有意思，年轻女孩子一个人又成不了家，也不能寄宿在人家家里，常有出人头地不成最终漂泊到我家的人。也不是没有方便您同住的人家，只是希望这件事您可以慎重考虑。富枝小姐，要是有什么难处您来我这里就好了。"

富枝不想听这些。

"弄个房子这点事我自己也能办到，只不过有没有能帮忙做点家事的老人？"

富枝就是这个毛病，阿垾有点生气，好心好意跟她说的话，她总全盘推翻，只是一味认定自己的主意好，这在阿垾看来是年轻气盛。

"也不是没有。你的意思是说就打算这样一个人生活下去吗？"

富枝点头。富枝因这种情况要分居，来找她商量怎么办，但无论富枝和不和她商量，这都是个阿垾回答不好的问题。那么点事儿赶紧去桂庵托人雇人不就好了，阿垾的脸色马上变了；但她还是一张笑脸，语气中带着不快地说："像富枝小姐这样不说缘由，没头没脑，实在没法儿商量。你为什么想一个人过？知道了这一点，我也晓得怎么出力啊。"

富枝也不再强求她帮忙了，然后话题又回到都满子身上。"我真的狠狠训了她。虽说大家亲戚一样没什么关系，但也够丢人的。她还打了贵枝。我说，'你是疯子吗'，她说'我可不是疯了'。我说，'我不和疯子说话，你快回去吧'。她居然哭了。"

"老毛病了，没办法，但也让人头疼。"

"富枝小姐也是无法和姐姐达成某种共识，这才说要分居的吧？"

富枝没有坦白自己的想法。

那天晚上，富枝头一次在东楼家里过夜。以前不管什么情况，富枝都没在这儿过夜，今晚她听了阿垺的劝，就决定留下来，阿垺非常高兴。阿垺感到满足，仿佛和富枝没了隔阂一般，她大肆张罗，甚至连晚上用什么棉衣被，都扯着嗓子让家里下人去忙活。

十九

到了第二天，阿垺劝富枝说，在这里住一段日子怎么样，一定会好好待她，不让她的学习和写作受到打扰，请她不必客气住下看看。阿垺把她留下也是想同人夸口，阿垺便是这般尊敬富枝。戏里只有口吃的又平[1]和左甚五郎[2]等名人不理世俗成见，也许富枝不在乎别人眼光的做派是以他们为榜样，她感到敬佩："不论哪一行，胜过别人的人总是那样的。"

阿垺对富枝说，如果只是想离开姐姐身边，那可以到这里来，或者只是想一个人的话，那也可以商量；但对此富枝却一点也不说自己的想法，真是蒸不熟煮不烂令人着急。早上谈的就是这些，到了下午，富枝跟阿垺借了矮齿木屐带

---

1 净琉璃《倾城反魂香》中出场的画师。
2 传为江户初期著名的建筑师、雕刻家，生卒年不详，可能是虚构的人物，其轶闻常被改编为歌舞伎、落语等。

贵枝出了门。

说是要去银座购物，而购物就是准备应贵枝的要求给她买点什么。两人在路上一路走，一路玩。

贵枝厚着脸皮说这也想要那也想要。和在阿垧身边时不同，她的脸看上去多了一份自在的美。

"贵枝想要什么妈妈都给你买，还不够吗？"

"不论给我买多少，还是想要啊。"

富枝觉得她的话很奇怪。两人进三枝[1]买了簪子。尽管是白色的，却是支大花簪子，富枝觉得贵枝想戴这种簪子的那份心情甚是可爱。店里有两位雏伎说想要配岛田髻用的两天簪子[2]，就让店家把淡粉色假花做成同样大小。贵枝看着她们，看到她们的脸之后，她为自己的姿色骄傲似的扬起头，望向一边。富枝一直看着她。出了三枝后，富枝开始往新桥方向晃悠。贵枝说要去博品馆，富枝牵起她柔软的手说："我们去更远的地方玩吧？"

"哪里算远的地方，上野？"贵枝试着问出自己觉得远的地方。

"再远一点，要坐火车去的地方。"往来的女子已经有人戴围巾了。尽管沐浴着晴天的阳光，风吹在嘴唇上还是

---

1 杂货店名。

2 两端有成对花纹或形状的簪子。

很冷。

"坐火车很累的。"贵枝讶异道。富枝没说话，一直往新桥车站走。

富枝临时起意要带贵枝去箱根。距开往国府津的火车发车只剩十五分钟，这更加催促着富枝的心。她买了票后看着贵枝高兴地笑了，贵枝却坚持说身体不舒服不想坐火车。

"我不能穿这样的衣服去那种地方，太丢人了。"贵枝说道，用手捏了捏出来时套在身上的友禅绉纱和服外褂。

"你不是穿着和服去的吗？再说了，穿什么又有什么关系？"

"我不要。你带我去可以，但得先回家换上好看的和服。"

昨天从姐夫家出门的时候富枝就想着去箱根，如果贵枝不愿意，她打算自己一个人去。就在她往检票处走的时候，贵枝追过来问："能很快回来吗？"

"不知道几天能回来。"尽管富枝这么说，贵枝还是跟着进站了。检了两张票，她们在熙熙攘攘的站台上跑。

贵枝在车上也没有说担心家里，只是反复说穿这样的和服去温泉不好意思。她说买的花簪拿在手里麻烦，就把簪子从盒子里拿出来戴在了头上。富枝将盒子撕了，从车窗扔了出去，看到正好经过大矶附近的松原。

贵枝习惯了陪着妈妈去冬夏季的温泉疗养，所以并没有对火车之旅感到新奇。她像在家时坐在脚凳上玩耍嬉戏一样，靠在车厢内的座位上。头上的白花簪映在车窗玻璃上一闪一闪的。

车厢里除了她们只有另外一行乘客，非常安静。那行人占了靠窗的座位，一个男人裹着毛毯在睡觉，像是病人，两个女人和另一个男人围着他。绾着圆髻的中年女人看上去精神很好，双手白色袖子的袖摆两边卷得一样短。她坐在那里不时把腿伸到车座下面，像是腿麻了，脚上纯白的小袜子每次找寻木屐的时候都会轻轻绊到特等绉绸的衣角。她抽完一管烟，用茶杯接住烟蒂后，马上小心地把烟杆收进了烟杆筒里，两手搁在膝盖上，身体稍稍前屈着。从她说话时眉毛上挑以及注意让发包不要蹭着脖子的样子看来，不像行外人。

相比之下，同行的年轻女人则显得土气很多，只是她的戒指衣服之奢华不输给中年女人。男人的言谈听上去像是二人的下人。看得出病人大约是年轻女人的丈夫。年轻女人称同行的中年女人为姐姐。中年女人坐在贵枝正对面，以一种喜爱的眼光看着贵枝说：“您去哪儿？”

“箱根。买簪子路上突然决定去的。”贵枝毫不避讳地嗔怪说。对面的女人在笑。

“我姐姐就是这么胡来的人。”她连这种话都说了，却依然搓着富枝的袖子。女人又笑了，一副没听懂小孩子话的表情。

"到了那边再发电报吗？今晚妈妈会闹翻天的。"贵枝反而觉得好玩似的说。

"她看了电报，马上就会带着我的衣服来。"在贵枝幼小的心里觉得这样冷不防的事情很好玩，而且吓得人手忙脚乱也让她很开心。

"和姐姐一起，妈妈不会说我的。"她冷静下来的同时也这样欢喜着。

到国府津的时候已经是下午两点多了。两人在那儿发了电报后就马上去坐电车。小田原的街道很寂寥，灰尘漫天。贵枝下火车后，远离东京的感觉向她袭来，让她感到不安，天气又很冷。

"我们已经不在东京了是吧？"她有点想家的样子。不过由于没有明确说接下来要旅行，她又觉得只是去买簪子的路上径直就被带到这里来了。

"明天回去，对吧，姐？"富枝觉得很开心，她认为这样和贵枝两个人离开熟悉的人去旅行，这种心情会让她们逐渐亲近起来。"你不想一直玩吗，和姐两个人？"她说着把手绕到贵枝背后。

"真冷啊，箱根。"贵枝回过头去望向窗外，山仿佛向自己的小额头靠过来一般，她僵直了身体。

二十

　　她们到达温泉旅馆的时候已经是掌灯时分。这里富枝和贵枝过去都熟。贵枝在壁龛前笑着说没包袱又没有换洗的衣服，真是太好笑了。

　　贵枝来到走廊，抬头眺望着还没全黑的山和天空。

　　两人进了温泉。

　　贵枝快速脱掉衣服，跳进浴池中，像进入洞穴温泉一样，"啊啊"地叫嚷着。她嘲笑富枝慢吞吞的，半天进不了池子。

　　"枫叶真红啊。"贵枝此时脑海中留下的印象就只有来到这里前途中经过的山上的红叶。

　　从温泉出来，贵枝的脸看上去很美。她把粗糙的铭仙夹层和服外白紫相间的条纹缎子腰带打了个贝口结，然后坐到膳桌前。绯红绉纱和服内衬的领子嵌在她圆润的脖子上。贵枝脸红得眼眶都泛起了红晕，她眨着眼睛，把今天突然跑这么远的经过告诉了服侍她们的下女。

　　"我们是出门买这个的。"她说着把插在头上的簪子拿下来给下女看。

　　"您家人会担心吧？"下女问富枝。

　　"和我在一起他们大概不会想什么。"

"明天一早妈妈就会冲来。她一定会这么说，富枝小姐也真是，留句话再出门也好啊。"贵枝连声音都压得很粗沉，让人听着好笑，富枝和下女都笑了。

店里客人少所以到处都静悄悄的，溪流声不时让贵枝欢腾的心沉静下来。

"天晴的话有月亮，现在是阴天吧？"富枝这样问。下女一面撤饭菜一面答道："今天天阴。"

"我不想出门，本来想至少把玩偶带来啊。"

"那你也不想去桥那边咯？"

"可以明天去。"贵枝侧坐在火盆旁边，一直念叨着现在这个点妈妈应该看了电报正吃惊大闹吧，也许她在一心准备明天出门呢。

"再泡一次温泉吧？"

"你想泡就去泡吧。"

贵枝又去泡温泉了。之后富枝呆呆地望着匾额，匾额上挂的是当今名声显赫的画家和文人在绢布上的落款，她从中找到了绿紫的署名，好奇地看着。

贵枝说向下女借了粉，化了个妆回来。

"姐，我已经不想回东京那种地方了。"

"要留在箱根吗？"

"留在箱根也不能光待在这儿。"贵枝说着陷入了思考。

"那你想待在哪儿？"

"嗯，想待在像这样的地方，做喜欢的事情玩。"

富枝盯着贵枝的脸看了一会儿，想着自己身体里流着母亲的血，贵枝身体里也流着同一位母亲的血。

"我不讨厌妈妈，但我怕她，也不喜欢她。"贵枝又开始说起这种事来。她揭开绘有泥金画的食盒盖子往里看，里面叠放着香蕉做的点心，点心那撇淡红色上撒着白粉。

富枝的肌肤清晰地感觉到走廊下的挡雨窗外袭来了山里的空气。两人泡完温泉后，身体的余热还未散去，她们就钻进了暖和的棉衣被里。她们惬意地躺下，感到手心和脚心的皮肤好像浮了起来，即将溶化般柔软。

贵枝说听着溪流的声音睡不着，在被子里翻来覆去。富枝也无法入睡。

"来到这种地方和姐姐睡在一起，感觉像在做梦一样。"

贵枝面朝姐姐这边，她的头发在明亮的灯光下形成黑影，枕头上的流苏晃着。

"不知道为什么，总觉得像走在银座的大街上。"

姐妹俩聊起了生母。

她们姐妹自从分开以来还是头一回像这样睡在一张

二十一

　　两人打算一早去汤本。旅馆的下女也跟着一起来了。虽然天气冷，但早晨的阳光照在山上，让人心情舒畅。家家旅馆门都关着，也有的房子看上去阴沉沉的，玻璃拉门上仿佛投下了暗影一般。山脚下开着紫色的野菊花。她们来到玉帘瀑布，这儿冷得让人打哆嗦。那些出租房屋只在夏天时会有城里人来借住，现在都门窗紧闭，篱笆上半枯萎的爬山虎落了下来，看上去十分萧条。瀑布干枯成了灰色。贵枝说冷要回去。两人让下女去买贵枝想吃的点心，然后就原路返回了。在路上，她们看到前方有辆人力车在缓缓上坡，车上陷着个胖女人，她扎着小圆髻的头不停地左右摇晃着。

　　"是妈妈。"贵枝叫着跑了起来，但人力车没停，反而跑得比刚刚更快，过去了。贵枝停下脚步去等后面来的富枝。

　　"真早啊，她是坐最早一班车来的吧。"

　　"最早一班也还没到箱根呢。"

　　两人快步走着，到了玉绪桥，看到刚才过去的人力车就停在她们的旅馆前。

　　"您母亲来了。"旅馆老板娘迎接她们时这样说。贵枝急急忙忙跑上二楼，阿埒坐在房间里，半长外套脱了一半。

　　"好早啊。"

“你还说我早……”阿埒嘴里只迸出这一句，然后长叹了一口气。

“让您担心了。”富枝从后面笑着进来微微欠身。

“我没担心。”让她们看到自己慌张的样子，阿埒觉得懊恼。昨天接到电报的时候，她气得说不出话来，女孩子家也太大胆了，但现在看两人的样子，觉得只是出门买东西顺便去泡了个温泉，没什么大不了，反倒是自己昨晚坐七点十五分的火车来到国府津显得过于紧张，有点好笑。

“想着不管怎样她都没带一身换洗衣服，就拿来了。”

贵枝走到包边马上准备换衣服。

“我看了电报后马上收拾，昨晚就来国府津了。”

“难怪这么早呢。”贵枝打开包。阿埒把大碎点花纹绸和服递给贵枝，她连长衬衣和新衬裙都准备了，她们一起把东西拿去了隔壁房间。

“我想着富枝小姐没穿外套就出门了应该也冷，就拿来给你。”阿埒从隔壁房间招呼说。富枝觉得给她添了麻烦过意不去，一面道歉，一面走过去问：“您今天回去吗？”

“不回去哪儿成，我放不开手，全是女人在那样的地方。也怨富枝小姐，还是回去的好。要来这种地方，不提前把家里都安顿好，怎么出得了门？”

阿埒要给贵枝系腰带，来到包旁边，又改了主意，从里面拿出绯红扎染的抒腰带，扔给贵枝："用这个。"贵枝胡乱解开绕着系上。

阿埒从另一个小箱子里拿出戒指递给贵枝。贵枝平时只戴一枚镶嵌红宝石的戒指。

阿埒递给她两枚，一枚镶了三颗珍珠，另一枚雕刻的牡丹相当有分量。

贵枝随意地把它们戴到两只手上。来了两个下女替她整理和服。

不一会儿阿埒带着贵枝去泡温泉了。

富枝发着呆。她觉得违背阿埒的意愿一个人留在这里也没意思，虽然回东京也没意思，但只能回去。富枝除了回东京去姐夫家，没有别处投身，她失望地坐倒。

"下午有几点的火车？"阿埒边问下女边从走廊回来了。贵枝先进来坐到镜台前，又把包里的化妆用具拿了出来。贵枝脱下浴衣，给露出的皮肤灵活地上妆。下女打了水放在洗脸盆里。这时阿埒说冷，让她关上障子门。

"箱根也过了最佳时期了。"阿埒对下女说。

"如您所言，已经是冬天淡季了。"下女微笑着。贵枝洗完手后又把取下的戒指一枚枚小心地戴回去。

阿埒决定坐下午四点半从国府津发车的火车回去，之后把午饭吩咐了下去。富枝不说话。

"贵枝，来箱根好玩吗？"阿垧问。

"我觉得简直像做梦。"贵枝看着包里的东西漫不经心地回道，"居然有这么好吃的点心。"她说着把纸包拿了出来。

"对了，是在国府津买的。你吃吧。"

贵枝把纸展开放在姐姐面前，她拿起糖渍的点心，含着手指。

"让妈妈担心了吗？"

"我还在想你们是不是去看戏回来晚了，这时候电报来了，当时真是吓了一大跳，富枝小姐做得太出格了。"

富枝苦笑，但她认为自己没理由道歉，就什么也没说。阿垧看上去并没生气。

"至少换个和服也好，穿着这样的衣服跑箱根这么老远。火车坐的是二等还是三等？"

"二等哟。"

"真是不知羞。"

贵枝好像觉得有什么好笑的事，突然笑出了声。

"说是赤膊不远游，但我们穿着和服呢，没关系的。"

阿垧被逗笑了。贵枝回到了从前那个没有伪装的她，在妈妈面前也开起了玩笑，这让富枝感到满足和开心。

旅馆的人送她们三人走到汤本。经阿垧提醒，贵枝连手表都戴上了；黑白箭羽花纹的绉绸半长外套下，露出华丽的大花纹和服，料子是淡紫与白色相间的方格花纹纺绸。家家旅馆里闲着的人都出来目送美丽的贵枝，彼此议论着。阿埒扬眉吐气一般，带着自满的神色走过。

到新桥时已经七点多了。店里的年轻人收到电报就来车站等着接人。东京起风了，夹着灰尘的风吹得人睁不开眼睛，夜晚的街头巷尾落满了灰。

在阿埒的强邀下，富枝决定暂时先回东楼。阿埒准备今晚好好商量一下最近富枝说的搬家一事，这反而让富枝感到为难了。不过她还是随她们去了东楼。

阿埒把木片拼花工艺品礼物拿出来分给大家，不知道她什么时候让人买的。

"托富枝小姐的福，我好好保养了一下。"阿埒说着大笑起来。店里的女仆都轮流来阿埒这儿打招呼。贵枝脸上毫无倦意，她进房间把包和随身用品等收拾了一下。这时老婆子泡完澡来了，她跟阿埒招呼"到得好早啊，累坏了吧"，然后对富枝说："表面看不出来，您真是个爱胡闹的人。把妙龄姑娘带去箱根那种乡下，这种事连男人也做不出来。"

她又说："就算本人没当回事，可把旁人吓坏了，新桥的千万次小姐也很担心。"

"是吗，你带那孩子去了吗？"阿埒抽着烟插了一句。老婆子说带着阿睦去过姐姐那里了，然后盯着富枝道："这对姐妹真是奇怪。"眼里露出笑意。

"富枝不同，这一点她还是好的。"阿垮说出了不同的意见，富枝神情严肃地看着老婆子的脸。她马上离开了东楼。尽管阿垮长留短留，她还是以麻布家里也会担心为由回去了。贵枝只说了句"再见"，也没出去送她。贵枝故意在阿垮面前疏远富枝，这是她的手段，为了能在富枝回去后，稍微减轻妈妈对昨天之事的训斥，这点富枝一清二楚，简直像贵枝亲口告诉她的一样，她觉得悲哀。

今天阿垮来接她们的时候，如果贵枝说想和自己在箱根再多玩玩，自己该有多开心啊。贵枝不明确向着妈妈或姐姐，也不表明自己是想玩还是想回去，只是急切地化妆，把自己装扮华丽以示人。贵枝像被姐姐带走一样，又被妈妈带了回来。富枝不怨贵枝，只是眼见贵枝的每个动作都像不健全的人那样，感到同情和悲哀。

二十二

富枝回到家，小木曾依旧满脸热情地关心她。都满子什么都没说。富枝进屋没一会儿，姐夫绿紫就叫她。富枝去了二楼书房。

"听说最近你经常不在家，去哪儿了？"姐夫绿紫拿着红笔在桌边一边校对一边笑着问。富枝没作声。

"我说你都去哪儿啊？你姐姐不放心所以我才问的，方便的话也告诉我们一声。"

姐夫放下笔抽起烟来。当然绿紫并不是在怀疑富枝的去向，姐夫比姐姐都满子更了解富枝的性格。绿紫估计富枝是去游山玩水了，都满子却因此对他说了不好听的话，为了解开这个疑问，他决定亲自来问富枝的去向。

"这种事你要是不提前告诉我们，会让我们有些为难的。"姐夫又说。

"不好意思。"富枝索性道了歉，说以后不会再让他们这样担心。绿紫笑了起来："你这么一本正经的，我反而不好意思了。你不用道歉，不过至少提前告诉你姐姐一声。她就是劳碌命。"绿紫最后特意抬高语调说。

"你去旅行了吗？"

"没有。"

二人的谈话就此戛然而止。话一说完富枝就回了自己的房间。染子寄了信来。

信上写着她在骏河台[1]的医院，富枝决定第二天早点过去，于是就马上上床了。

1　东京都千代田区的一个地名。

第二天富枝正要出门去医院的时候，都满子在帮绿紫打点行装，她难得一副好心情的样子问富枝："今天也要出门吗？"

富枝稀奇地看着姐姐的笑脸，淡淡地答道："说是染子住院了，去趟医院。"

"姐夫要去旅行吗？"富枝也问道。

"我要出门一段时间，家里就交给你了。"绿紫笑着回答道。富枝没再追问他要去哪儿就出门了。都满子送她去玄关，说："早点回来。"她连木屐都替妹妹摆好了，顺势又添上了客套话："见到她替我问好，让她多保重。"富枝本打算回来路上去找一间小房子，然后去桂庵托人找个老用人，但看到今天姐姐的样子，找房子一个人单住的想法又动摇了。她想按姐姐说的那样"早点回来"，然后像亲姐妹那样和姐姐久违地和颜悦色地谈谈心。富枝走在外面，不停地思念起姐姐来。

富枝到达骏河台的医院时是十点左右，染子正在洗澡，不在房间。从主宅跟来的女佣一把年纪，她坐在椅子上，神情严肃。

"来看望的客人。"引导的护士说，这时老女佣恭敬地站起来迎接了富枝。

"小姐正在沐浴，您坐一会儿吧。"老女佣这样招呼着。

富枝看到她白色襦袢的领子从领口露出很多。老女佣站起来，去了旁边有卧榻的房间，很快端来了咖啡。桌子上有许多明信片、慰问信、慰问品、名片之类的东西，都被收好了整齐地放在那里。

"很严重吗？"

"不，差不多快能活动了。应该没什么大事。"

"什么病呀？"

老女佣歪着头，眉毛拧成八字形思考着，剃过的眉毛长了像有十来天。"我现在忘了。"她说着拘谨地笑了。

隔壁房间的门开了，听到两三个人走来的轻轻的脚步声，老女佣马上去了隔壁，而中间的门紧紧关上了。年轻的声音像绢布表面摩擦的沙沙声。好像又有一个人从外面进来，还夹杂着穿了鞋子的脚步声。老女佣很久没有出来，富枝没想到会等那么久。

来接她的是护士。富枝去了一看，染子醒着躺在床上，见了富枝，她抬起憔悴的脸；老女佣也站在旁边，后面有三个护士，一个盛装的小姐正从后面撑着染子的身体；自己刚才进来的门旁边并排站着一男一女，男子穿着西装，女子像是侍女。发现有这么多人让富枝有点扫兴，她站在入口那里没动，远远看着染子，染子终于露出笑容，富枝郑重地向她鞠躬。富枝低下头的时候，房间里的人全都不约而同地低下了头。

富枝即便去染子身边，也不知道该说什么。在这种场合她怎样都说不出那些教旁人听去也无妨的场面话，没办法，只能默默注视着染子的脸。染子眼里泪汪汪的，她用大小姐纤细的手指把自己的头发往后抚，每次抚动都会散发出一种高贵的气味。大家都没话说，只是定定地站在房间里。这时又有人来探望，是一位像是亲戚的夫人。夫人对大家轻轻点头示意，然后径直走到染子旁边，轻声问："怎么样，身体好点了吗？"侍女拿来两把椅子放在病床边。夫人坐下时，也对富枝说："请坐。"

富枝没有任何机会和染子说话。夫人口才很好，说了很多社会见闻给大家听，中间掺杂了不少在场的大小姐和其他染子近亲相关的事情，富枝完全是个外人。染子难过的脸上不时浮现笑容，一副在倾听她说话的样子。夫人去旁边房间的时候，染子叫了声"姐姐"。富枝站起来走到她身边。"不好意思让你来这样的地方。"染子只说了这么一句就沉默了。富枝只能安慰她："不要任性，好好养身子，很快就会好的。"刚刚在染子身后的大小姐也跟在夫人后面去了隔壁房间，即便现在这样没有旁人听的时候，两人好像也没什么可说的。隔壁房间非常热闹，夫人的笑声听得最清楚。

清晨的阳光摇曳在白色的窗帘上，这时散发着肥皂味的护士进来量了染子的脉搏。护士例行公事地从口袋里拿出女式手表，富枝看了觉得难过。"你必须得休息。"护士语气严厉地说，然后向随同的护士吩咐了句什么。一个护士从病床旁拿出表格递给她。

染子在护士细致的照料下睡下了。她看到护士站在枕边正要把药粉包进糯米纸里，就拜托护士说，请让这位小姐做吧。护士笑着把东西递给了富枝。富枝把糯米纸放在水上，往里面倒上了药粉，却不能很好地把纸包起来。她正为此发愁，染子看着不禁笑了。

富枝用小牙签戳起护士包好的药，将之放进染子嘴里，然后又从护士手里接过茶杯，端到染子嘴边。染子起身用手扶住茶杯喝了大概两口。

看望的客人逐渐来了，其中有的只经老女佣接待就走了。刚才来的夫人说今天一天要照顾染子，还带来了新发售的小说，走到染子枕边。富枝觉得她好像把这里当成娱乐场所了。

富枝待了一会儿打算回去。染子说想让她再留一会儿，不想让她回去。夫人疑惑地听着染子的话，还是阻止道："人家有事你要体谅，今天婶婶陪你，不能说任性的话。"染子目送着富枝离开，泪水在眼眶里打转。富枝回去时问了来送她的护士染子的病叫什么名字，护士回答说是呼吸道疾病。

二十三

尽管富枝一点都提不起精神，当天晚上都满子还是拉着她去了新桥的演艺馆，据说是一流落语家[1]们聚到一起组织的某会。看落语表演时，都满子不时高声大笑；一起来的小木曾也欣赏着落语，笑得像被人挠了痒痒似的。两人的笑吸引了富枝的注意力，让她暂时把心事放到一边。富枝很羡慕两人开心的样子，羡慕她们可以心无杂念地大笑。

"好奇怪的脸啊，你看，哎呀。"第三个落语家出场时，都满子说着已经开始咯咯笑了。

"真的哎，那真是眼睛鼻子长在汤匙上了。"

两人的评价很好笑，惹得富枝想笑。虽然落语家好像登台次数不多，但却很有水平。叙事非常有画面感，对话过程中丝毫没有故意抖包袱，一直认真将滑稽故事娓娓道来，可见他本领非凡。那种说话方式和现在某小说大家的文风正好有相似之处，从一件事到另一件事，衔接行云流水，在下个事件即将发生之前，一直站在听众的角度，引起听众对下个事件的兴趣。富枝佩服地听着，觉得真是精彩。除此之外，他的讲述既有轻描淡写之处，也有浓墨重彩、让都满

---

1 指落语艺人。落语是日本的一种传统表演艺术，由一个人扮演诸多角色，讲述滑稽故事。

子和小木曾之流捧腹之处。走出演艺馆的时候，小木曾和都满子都眼睛通红，像哭过一场；紫都子像是有什么感兴趣的东西，坐在妈妈腿上也不睡觉；然后大家都坐电车回麻布了。

回去之后都满子和小木曾反复笑着落语里的段子。怎么才能像她们那样笑呢，富枝重新燃起刚才那种羡慕之情。

"富枝你好像有点闷闷不乐啊。"快睡觉的时候都满子问富枝。小木曾看着富枝的脸："病还没完全好吧？"富枝看看小木曾的脸，又看看都满子的脸，笑着说："我没办法像你们那样无忧无虑。"

"你有什么心事吧？"都满子注意到富枝的脸。"有心事我一定会和你们说，不会一个人胡思乱想，请放心。"富枝这么答道，然后就回自己的房间去了。

平静下来的心情又被硬生生地搅乱了，只能等待泥沙再次沉淀，这过程于富枝是痛苦的。富枝气血上头，感到微微头痛。小木曾说之前的药还有剩的，就煎了来。说着话，小木曾顺便提了一句，酉市快到了。富枝觉得一年年快得吓人。"酉市第一天一定要去看看。"都满子听到这里，在客室说。

"即便年岁不同了，姐姐还是喜欢红头绳。"富枝抱着不安的心情，突然冒出这么句半开玩笑的闲话。

"在紫都子后面的孩子出生之前，决定都用红色。"姐姐的语气似乎没有生气。都满子又说明天会带着紫都子从浅草去上野那边，邀请富枝一起去。绿紫今天中午去了山阴山阳一带旅游。富枝想姐夫一说不在家，都满子就出门，这已经成了习惯。

二十四

绿紫不在的日子家里有点冷清，却很平静。都满子化好妆带着紫都子出去了。富枝大部分时间都在家，只有医院来接的时候出去了一次。那时染子的情况已经好了很多。

染子的病房里总有两三个打扮华丽的人进进出出。女仆和家扶[1] 恭敬地守在门口。富枝不喜欢这样，所以不愿意来看染子。染子也意识到这一点，所以也不硬叫她来，这反倒勾起富枝的同情。前些日子，富枝去医院的时候，染子问她："我早些出院去大矶，这样你可不可以陪我一段时间？"富枝答应说一定去。"如果我是你的亲妹妹，很贫穷，又得了这种病，你在这样的痛苦中还为我买药，照顾我，我会高兴还是伤心呢？"染子说着这番话，显得很高兴。

1　日本旧时皇族、华族家中的一类管家，位在家令之下，主管会计等。

267

"反正都要死的话，我想这样在贫穷中死在姐姐身边。我这个样子在医院，被那么多人吵吵嚷嚷，肯定还是一死。"染子说道，她在哭。富枝不知如何安慰她，什么也没说。

这时那些陪在旁边的人说，神经兴奋于病情不宜，悄悄把富枝叫到隔壁房间去了，然后让老女佣告诉富枝，等下次染子身体好的时候再来。

富枝总觉得脸上有些挂不住，是染子差人说想见富枝，让她一定要来，富枝那天才去医院的。女佣又说了："您在这里的时候，小姐看上去情况很好，但是您走后她就无精打采，甚至比平时看上去还要坏，听说这对她的病情非常不好。院长已经提醒了，最好连亲近的友人都避免见面。最重要的是让她心里平静。"

富枝觉得女佣的话很有道理，没和染子告别就回去了，然后连信也不写了，只是每天在美丽的明信片上写上一句东西寄去，她有时候会收到染子字句凌乱的信。

富枝的心情又平静下来，顺应每天的天气，身体和精神都很好，偶尔会想念旅行中的姐夫。她读了姐夫最近出版的作品。看到这部用明显的陈旧技法写成的作品，她感到姐夫几乎没有希望。因为同情落后之人，她眼里甚至泛起了泪花。

世上有两种人，第一种尽管已经落后了，但仍确信自己能够顺应时代加快步伐；还有一种人满不在乎，认为时代并没有进步，只是在变迁，自己的时代只是在稍稍超前的眼光之后，经历循环，很快又会回到自己的时代。姐夫是前者，尽管落后了还是满不在乎，走自己的路；明明落后了，还是自以为和时代并肩，我行我素，不谙世故，这点很好，富枝这样评价道。

在没人相伴的日子里，富枝便以这样的方式度过。

没过多久戏剧《尘泥》开始上演了，据说非常叫座。

第一天富枝没有去，可报纸上却夸张地大写特写：女剧本家获生野女士也莅临现场。两三天后报上登了剧评。有人说虽然是很好的作品，但编剧作为女子文笔欠流畅；也有人说有些地方故意伤春悲秋，让人不舒服；不过也有人不以为然，称赞说每场都有变化，非常有趣，结局的松原等与剧本及演员的演技相得益彰，实为佳作。富枝和姐姐看到评价之后一起去看了。

这一天也座无虚席。包厢里，富枝藏在姐姐身后看着。

半田常常写信来询问富枝去观剧的日子，富枝什么也没告诉他，但他今天不知从哪里打听到消息，很快也来了。他到包厢露了个脸，然后带了很多人来，向他们介绍了富枝。

想到这么多人因为自己的一支笔而这样忙碌，富枝反而觉得有点过意不去。田里扮的小满名就不用说了，扮演女弟子的演员也好，跑龙套的也好，都比自己写的剧本好很多，她看的时候一直在想；而且她也很感谢看了戏之后一起哭一起笑一起欢喜的观众。她觉得今天观众的掌声不是在为演员的演技喝彩，而是在赞赏自己的作品。

一旁的半田给出这样的评价：第三幕小满名被丈夫砍那里，被砍时抓住丈夫的表情还有点不到位，然而结局醉了追着丈夫而去的地方体现了田里独特的演技，把剧情发挥得淋漓尽致。都满子听了佩服地说："非常到位。"不过富枝很开心，她深信无论如何剧的效果这么好并非全因为演员的演技。

观众席和包厢里坐满的观众看上去像花儿一样，在展示着富枝的荣誉。那些花儿像在围着自己一个人盛开似的，让人目眩，富枝不由得感到非常光彩。半田在包厢间进进出出，中场休息时他拖着和服裙裤的下摆来叫富枝，然后指着一个方向说："三轮来了，三轮来了。"富枝高兴地准备起来，他却拦住她说："她有同伴，算了吧。"之后半田又催着富枝去自己那边："田里君说想见您，要不要去一下？"富枝说不愿意去，拒绝了。

"一下就行，我说了把您带过去才来的。"

富枝不管怎样都不愿去。"要是我能代她去的话，我倒想去。"都满子说。"那一起来好了，和富枝小姐一起。"半田说道。都满子热情地劝富枝，可富枝到底没去。

都满子为此感到非常惋惜。

尽管富枝问半田三轮在哪儿，但他却没告诉富枝，只说她有伴，让富枝最好算了。富枝为找三轮出了包厢，却偶遇了她没想到的人——千万次。

千万次说是跟着新桥的班子来的，她那妖艳的打扮却深深烙在富枝眼里。

二十五

富枝最终没找着三轮。那天晚上回去后，都满子拉着富枝聊歌舞伎的事和演员的绯闻，一直聊到三点左右。

"比你姐夫写出来的东西上等多了。太漂亮了，你看。"

都满子很高兴，赶紧写信把这件事告诉了绿紫。看戏的时候田里送的竹编化妆篮，都满子也自己收到什么地方去了。富枝想要那个篮子，让都满子拿出来给她，都满子却不答应。富枝打算经贵枝之手把那个篮子送给千万次，没想到却让姐姐拿了去，真叫人生气。

今天看戏的时候，千万次说了田里的事情，然后被其他艺伎嘲笑了，富枝看到后才知道了她们的关系。当时千万次满脸通红地说："反正是我一厢情愿。"不知为何富枝忘不了她那声音。千万次那种娇羞的样子带着一种温柔，在富枝眼前挥之不去。于是富枝临时起意想把那个篮子送给千万次。篮子被送过来的时候，来人说这是田里设计的，本是为了在后台使用，共做了两个，这是其中一个。这样的东西送一个很失礼，不过附的口信里说，这是扮演小满名的时候第一次用的东西，因此作为纪念品赠送。据说是手艺人花了一年时间制作出来的，所有工艺都很精巧。

第二天报纸上就有了这个化妆篮的报道，出自半田之手，还配有插图。报道这样写道：获赠的女士可能并不感激，但田里说能制造机会，把鸳鸯篮子中的一个送到女作家手中，是她一生的荣誉，非常开心。这种夸张的写法让富枝惊呆了。都满子打算将它作为家里的宝贝，又是要用纸包起来，又是要放进盒子里，大肆张罗。

"这种东西放在家里没用吧。"富枝委婉地提醒。

"是纪念啊。"都满子一副仿佛那是自己的东西、要好好保存的样子。

"那就别收起来了，直接用吧。"

"那多可惜呀。"都满子说，还是不听富枝的劝。富枝想用粉底把那个篮子弄脏。就没有什么办法可以把篮子从姐姐手里夺过来送给千万次吗，她凝神想了想。

没想到那天晚上东楼派了人来。

信上反复说想拜见有名的化妆篮，希望篮子能和派的人一同回去，说想按照那个篮子的样子定做一个一模一样的，所以请一定允许拜见。富枝给都满子看了信后，向她要化妆篮，但是都满子不答应，说是拿去东楼当天就会被拿走。

"难得有人想看，借给人家看一下不也挺好的吗？"富枝笑着这样说。问了篮子所在后，她自己拿出来让下人拿去了，当时还附了一封信，写道："化妆篮赠予千万次小姐，望交托时代为转告，请尽量珍惜。"

当天到了夜里，富枝收到了几封不认识的人的来信。有的是女人寄来的，也有的说敬盼回复。夜里很晚的时候，半田来了，他说了戏剧和三轮的事之后离开了。半田告诉富枝，三轮是千早父亲的情妇，昨天也是和那个男人一起来的。富枝感叹半田不告诉自己三轮在哪儿，真是深谙世事的人才会这样做。

二十六

十一月末的时候，岐阜的继母来东京了。

那会儿正好是富枝收到染子母亲来信后的第三天，信上说染子出院去了大矶。染谷家绿紫刚刚旅游回来没多久，家里来了很多客人，小木曾和都满子都系起袖口忙活着。富枝在自己房间桌前打算把写了一半的独幕剧剧本整合一下，客室那边吵吵嚷嚷的，她的思绪完全无法集中。她呆呆看着天的时候，起了去大矶的念头。寒冷的傍晚，阴沉的天空冻住了似的，已经让人联想起山上下的雪了。

那天傍晚，伊豫突然来到染谷家。她在门前从人力车上拿行李，门没开，家里没一个人知道。门打开后，不见来人，只见车夫往家里搬行李的身影，家里人都不知道谁来了。都满子听小木曾传话，跑出来一看，被行李吓到了，只是看着车夫的举动。来人在门外把钱递给车夫之后才进来。原来是伊豫。富枝在房间里，有人叫她之前，她都不知道。

"本打算提前通知你们的。"伊豫对大家说。谁都看得出来，她比分别的时候一下老了十岁。

富枝一到继母面前就觉得实在久疏问候，羞愧难当。贵枝从两岁到六岁都是受继母照顾。都满子十四岁到十八岁也是和她同一个锅里吃饭，朝夕相处。富枝从九岁到十七岁一直受她照顾，是姐妹中受她照顾时间最长的，因此和她也最亲密。正因如此，伊豫最先看到了富枝。

"长这么老大了呀。"伊豫果然是土生土长的岐阜人，在东京住久了口音基本没了，但是呼吸一段时间故乡的空气，原来的方言又回来了。伊豫肤色略黑，扁平的脸毫无棱角，富枝凝望着那张平凡的脸，刻意提醒自己，那张脸的主人所处的世界和自己有着难解之缘。

"妈妈年纪也大了。"没有任何寒暄，都满子连束袖带[1]都没解就这样说。小木曾先让寄宿学生帮忙将行李拿进了客室。都满子事先招呼了一声，说不把招待客人的东西端上来总静不下心，就把远道而来的客人抛在那里去厨房了。谁的脸上都看不出与难得一见的人不期而遇的喜悦神色。

伊豫进富枝的房间坐了一会儿，马上又站起来去了行李那边，说是要把礼物先拿出来。过去一起在东京生活的时候，伊豫身上总有种精明干练的气质，现在这局促不安的样子简直像乡下人一样，富枝讶异于环境对人的影响之大。

"那种东西之后再拿也可以。"富枝同情继母那坐卧不宁的样子，制止了她，但伊豫还是从手提行李里拿出各种东西。"我马上要去山尾那儿了。"

山尾是伊豫的弟弟，在深川那边开酒馆。染谷家和他只有逢年过节时有来往，他们很少主动过去。伊豫把用报纸包着的二十帖美浓纸，外添两把岐阜团扇，递给了富枝。

"冬天送团扇作礼物也许有点好笑，不过这是名产，到了夏天总需要的。"伊豫笑着说，露出染的黑牙。

---

1 将和服袖子束起来使人便于活动的带子。

"美浓纸也是名产吗？"富枝打开包着的纸这样问。

伊豫说当天晚上要去山尾那里，绿紫也一起劝着，让她在染谷家住下了，还让富枝陪她去附近的澡堂泡了澡。很快两人回来后，富枝还没坐下，就忍不住笑着说："妈妈完全变成乡下人了，为什么呢？"

伊豫似乎也觉得好笑，憨厚地笑着，把鬓角的湿头发捋上去，露出下面光洁的耳朵，鞠了一躬："多谢款待。"

都满子听了也笑起来："真是到哪里都是关西人。"

她们一直在谈论故乡的生意，还有祖母。所谓的生意是家镜子店，掌柜今年六十三岁，已经做了两代东家的掌柜。他们夫妇帮忙看店，伊豫自己是一身轻松，她一副十分放心的样子。

"乡下人忠诚，把我当真主人待。我也磨镜子，你看我的手，唉，已经这样了。"伊豫说着伸出双手，手指边开了口子，刚泡完澡，手指的皮肤像鱼鳞一样裂开来了。

祖母已经八十岁了，不过身体还很硬朗，既浆洗布料，也洗衣服，伊豫这么说着自己也露出很惊讶的表情。

"只是有时候会老糊涂让人头疼，最近还经常一手拿烟盒一手拿茶杯。"伊豫说着学她的样子给大家看，"别人看她那样子可能觉得她在倒开水，问'奶奶您在做什么'，她说'这个茶壶怎么都倒不出茶来，你帮我倒倒看'。'哎呀，奶奶您把烟盒当茶壶了，您的眼睛真是差多了。'"

这个故事把大家都逗笑了，连在玄关的寄宿学生美树也"噗"地笑出声来。富枝仿佛看到祖母彻底老去的样子，觉得很难过。她眨着小而皱巴的眼睛，所有东西的形状都看不清了，在想喝茶的意识驱使下，照着八十年来的老习惯只是做着倒茶的动作；想喝茶却倒不出来，不解地盯着看却不知道什么原因。富枝眼前清晰地浮现出老太太那木雕般的脸。

"这样妈妈也很头疼吧。"都满子尽量在言语上表示同情，实则不痛不痒。绿紫热心地说，暂且在这里休养放松一下比较好。

"我也是两三天前刚旅游回来。您应该也累了，最好也好好休息一下。"绿紫连床怎么安排等都问了都满子。

"谢谢。这次来东京也是因为听说富枝要休学，想着必须要和她商量一下今后的出路等。"

看样子伊豫今晚还想聊这件事，但绿紫说来日方长，剪住了话头，让她去休息了。伊豫被安排睡在二楼的房间中。富枝把她送去二楼之后就回了自己的房间。

二十七

富枝一向同情继母的境遇，明白自己应承担的责任，可意外地看到继母进京，像突然出了不得不解决的问题，令她心烦。

那晚富枝失眠了，她非常难过。只要自己想留在东京做喜欢的事情，关于生活的保障还得靠姐夫；自己不是男人，只是个年轻女子。

第二天早上富枝带着淡淡的忧愁，见了继母。继母进了她的起居室，开始给她打点衣物等，告诉她要改做和服外褂的衣服和要做内衣的衣服应该分开放。到底做了母女后她们在一起生活过很久，点滴小事上皆可见感情。富枝看到她心情放松下来感到很高兴。

还有剧场在上演《尘泥》。绿紫觉得这能成为伊豫此行最好的见闻，于是他特地亲自带她去看。

他们不在家的时候，富枝整天闷闷不乐。姐姐对富枝在考虑的事情漠不关心。晚饭时，她问了富枝借去东楼的化妆篮，今天的看戏之行让都满子突然想起已经忘了的事。

"你不知道怎么样了吗？"都满子面露怒色。

"那个我给她们了。"

"给谁了？"

"说是有人想要。"富枝没再往下说了。都满子说那不是能随便给人的东西，在那里长篇大论生气地说了很久。

"你与其关心那种事，不如想想我的身体。"富枝忍不住叹息。

"自己的事情最好自己处理。"都满子为了报复化妆篮的事，故意这样冷淡地说。富枝看着姐姐冷漠的脸没说话。

绿紫带着伊豫回来了。伊豫说："哪个是阿富写的？"没人回她。不过大家都面面相觑，似乎想从对方眼中弄懂那难以理解的话。

"全是富枝写的。"过了一会儿绿紫说道，那语气让人怀疑。

"全是她一手写的啊？"

"正是，谁也没帮忙。"绿紫这样回答道，然后看着伊豫的表情。

伊豫在思考为什么。

伊豫从小在父母的严厉管教下长大，没有看过戏剧。她的父母出身虽低，但因为是武士，家庭的武士道教育不允许做看戏这样文弱的事。在成为富枝姐妹的母亲之前，她嫁的丈夫喜欢戏剧，经常讲戏里的故事，把其中趣味说给过去没有看过戏的伊豫听，还让她陪着去看过两次。那个丈夫和她弟弟是同行，都是开酒馆的，不过过世得早，所以伊豫又嫁给了富枝的父亲。富枝的父亲非常了解戏剧，但是伊豫刚来的时候夫妇俩没有闲暇同去看戏，所以伊豫完全忘了世上还有戏剧的存在。

伊豫一点也不懂富枝写了什么。

她没有夸富枝，这反倒是在大家意料之外。

"能写出那种东西的人是万里挑一的。"都满子提示说。伊豫脑子里毫无概念，也就听不进她的话。都满子把前几天送来的报纸找出来给伊豫看。

"你看，有照片呢，荻生野富枝是她的名字吧。"

都满子本想把另一个物证——化妆篮给伊豫看，却不巧不在。她恶狠狠地看着富枝，正想说这个。

"哎呀，演员大概就是河原乞丐[1]，即便是收到那种东西也没什么可喜的，不过居然登了报，真是了不起。"伊豫这样总结道。她还是无法理解富枝做了什么了不起的事，因此也无法充分认可那份功劳。都满子被"河原乞丐"这类说法惊得说不出话来，绿紫也没有勇气再往下说给她听。

尽管伊豫客气地说，看戏的时候，已经款待过了，但是染谷家还是拿出荞麦面等招待她。都满子执着地又说起戏剧，她问道："话说回来，戏好看吗？"伊豫说非常好看。都满子充满耐心地说，那精彩的剧情就是富枝写的，伊豫没有很佩服的样子，只是点点头。

1　对歌舞伎演员的蔑称，因他们近世在京都四条河原上演剧，故名。

那天晚上也因为这些事，伊豫想说的事没时间说，于是又往后推了一天。伊豫上了二楼之后，都满子在背后愤慨地说："怎么会有那种不识货的人？即便在山里生活了一辈子，也不会那样吧。"

"也不是没可能。"绿紫轻声应道。"简直是给瞎子看钻石，我都不想让富枝承认是那种人的女儿。"都满子甚至这样讥讽道。

"如果是亲妈不知道会有多开心，富枝也真可怜。"都满子是说伊豫是继母，所以不明白富枝的成绩，亲妈看自己的孩子比看别人的孩子清楚，她们没有那种母女情分，所以她对富枝很冷淡。绿紫和富枝都懒得再进行论辩。

富枝深感羞愧，尤其是伊豫对她写了剧本这件事无感的态度，让她感觉那代表了世间对自己的普遍态度。

直到睡前都满子还在义愤填膺，真不愿让富枝和那种什么都不懂的人一起生活，一辈子什么事都找那样的人商量。伊豫一点也不知道因为自己不懂戏剧竟被都满子疏远至此。伊豫看到富枝孤高寡言的样子，就觉得这个沉稳的年轻女孩似乎让她有了指望，她什么也不在乎了。她久违地见到富枝，感到十分欣慰，几乎卸下自己肩头的担子一般对富枝寄予了厚望。

二十八

第二天，伊豫去山尾那里之前，先去了富枝的起居室，随口问了问富枝今后的打算。富枝无奈，只说了还没有任何想法。

"没有想法，只是走一步算一步吗？"伊豫又问。

"我还在学习。"

"但是听说你休学了。"

富枝突然灵机一动说："总而言之，我步入了职业生涯，是因为开始挣钱了，所以才休学的。"

告诉婴儿火为什么烫她也不会明白，只有给她展示碰这个红色的东西会痛，她才会懂。同一个道理，与其给伊豫解释艺术兴趣，不如找一些伊豫日常耳熟能详的话来简单说给她听。

挣钱这件事伊豫听得很明白。伊豫问她的"业绩"了。

"昨天妈妈看的东西写几个能拿钱？"

富枝想起这件事的辛酸经历：除了若干奖金，她写的东西还没拿到过一分钱。今后她会把作品投给杂志等，可即使投了能否被采用她也没把握。

伊豫这才终于觉得有点明白富枝的工作形式了。知道富枝开始正儿八经地工作，伊豫认可的同时也感到安心，还产生了敬意，觉得没必要再问她休学的事情了。

那么这买卖如果不在东京就做不成吗？伊豫又问。富枝苦笑，沉默半晌。

"看你的样子，妈妈心里有数了。"伊豫一副打定主意的样子。

伊豫反复说，祖母也活不长了，在世的时候一定要让富枝尽一点照顾的责任。

伊豫认为老人在世的时候，如果不让她见一见富枝，没让富枝尽一天照顾的心意，那自己对于亡夫的义务就没有尽到。

"祖母盼着我这次能把你带回去。现在还有掌柜夫妇，生活不愁，但我不是祖母的嫡亲，你想想看，祖母该有多孤单。她一天到晚都在说孙子。"

富枝不由得流下眼泪。连朝夕相见的伊豫想到老母亲老态龙钟的样子，也不禁泪盈满眶。

"无依无靠啊。"伊豫说着擤了擤鼻涕。

伊豫想起祖母平时的样子，说出了自己所想。富枝顺着她的话，想象出祖母把头发全部剃掉宛如尼姑的样子，以及门牙只剩一颗的样子，坐着的时候把衣服掖起来的样子，双手叠放在膝盖上、闭着眼睛低垂着头的样子等。伊豫说祖母是虔诚的佛教徒所以一直念经，只要听说附近有布道，她一定会拄着拐杖去，看她那走路的样子，额头简直要贴到地面上了。伊豫笑了。

不过在姐妹当中，比起自己，富枝更想让祖母见贵枝。把打扮得漂漂亮亮年纪又小的贵枝给她看，说是她的孙女，让她高兴。

"妈妈要去东楼吗？"富枝问。"不去不行吗？"伊豫问。

富枝说自己的工作在乡下也可以做，爽快地答应伊豫和她一起回故乡。伊豫当天就去了山尾那儿。

二十九

东楼给富枝寄了明信片，都满子收到后先看了才拿给富枝。

"什么事找你找得这么勤？你不用去。"都满子强硬地说。正如都满子所说，明信片上的意思是让富枝过去。

富枝决定去岐阜，哪怕是暂时住一段时间，接下来也得抓紧时间去见出发前想见的人。富枝想趁明信片这个好机会去趟东楼，顺便也告诉了都满子，自己决定这次和伊豫一起去岐阜。都满子惊讶得一时语塞。

"为什么要回去？"都满子此刻内心一片混乱，口中只冒出了这一句。

"妈妈都来接了。"

"来接就来接呗。"都满子嘟着嘴，没办法说出心中所想。都满子曾说过让富枝去岐阜的气话，那是都满子怀疑富枝的时候。富枝还记得那件事，不由微微笑了。

"无论如何我都要暂时先回去，太对不起妈妈了。我打算在祖母过世前都在岐阜生活。"

"妈妈怎么可怜了？"都满子一副要吵架的样子。富枝也不多说，只说自己有义务这样做，她决定只要尽了那份情，就会再回东京。正好妈妈现在来东京了，她可以和妈妈一起回去。都满子马上叫来绿紫，说了富枝的决定，先问他是否应许。

"富枝那样做比较妥当吧。"绿紫这样回道。

都满子几乎顿足，不答应富枝去乡下。

"富枝说了要去，那不就定下来了吗？"

绿紫不大明白都满子的心意。都满子惋惜地说，富枝做了一半的事会付诸东流的。绿紫安抚她说，又不是去了乡下就不能做了，富枝都说了待到给祖母送完终就回来，你有什么嚷嚷答应不答应的。

"她们也得想想我们把富枝培养到今天的辛苦。如果富枝去岐阜的话，祖母就能多活些日子吗？"都满子咬着绿紫的话不放。

"富枝也真下得了决心，愿意去乡下。虽然不是我的事，但一想到她好不容易有了一点名声，就要这样轻易舍弃，去乡下，我就觉得可惜。"都满子很不甘。她自顾自生气讲道理的时候，绿紫和富枝总是听过就算，不去反驳她。富枝敷衍过去后，去了东楼。

这是箱根一别后阿埒第一次见富枝，她埋怨富枝为什么不来，还讲每次听到戏剧的好评就像是自己的事情一样欢喜，说是她们就这样每天聊着富枝，过着日子。

不知怎么店里的女仆都特意来看富枝。连见过面很熟的女仆听说富枝来了之后，也一副来了稀客的样子过来了。阿埒笑着说，她们最近集体去捧场看戏的时候，第一次听说是富枝写的，今天你来可能她们觉得很稀罕。贵枝去练习了，不在家。

"富枝小姐有日子没来了，贵枝很想见你，我也是。"阿埒笑着说，又道，"我寄了明信片，你说最近要分别，发生了什么事？"

阿埒近来一直记挂着这件事，一点点感情就让她无法置身事外，富枝要走让她很难受。富枝说了这次伊豫来的事情，告诉阿埒自己打算在祖母离世前在岐阜生活。阿埒听了很意外。

"这真是没想到。即便富枝小姐不去应该也有办法吧？"阿埒又道。

富枝既不是厌倦了东京要弃之而去，也不是有必须要去岐阜的情况，这时候如果她不去也行，当然这也并不是一时好玩去的地方。

富枝决定和伊豫一起回去，只是出于对祖母的爱。祖母离开自己的独子，孤独生活了三十年，现在要一个徒有名义关系的外人给她送终，是这一点把富枝唤回了岐阜。

"不回去好像也可以吧？"阿垮再次说道。

富枝并不打算说祖母的情况。

"妈妈也说可以。"

"伊豫夫人也老了。"阿垮说道，她一副不懂乡下人的表情。在她眼里，连富枝都是她猜不透的人之一。

阿垮突然想起来似的说起化妆篮的事，千万次因着这个机缘见到了田里。富枝来了兴致。

富枝打算回去的时候，贵枝回来了。阿垮马上告诉她："姐姐要去岐阜了，短时间内你也见不到她了。"贵枝只说了句："哦。"然后她对着阿垮而不是富枝，恭维似的说起了前几天看的戏很有意思。

"贵枝你觉得好看吗？"

贵枝点头。富枝不舍地离开东楼回到麻布家里。

姐姐不赞成富枝去岐阜，她一见到富枝就说出了自己的想法，说她自己去跟伊豫说，如果觉得祖母可怜可以把她接到东京来。

"祖母都八十岁了，怎么能让她坐火车。"富枝笑了。

都满子觉得让富枝去岐阜太可惜了，不安得像是妹妹再也无法回东京了。

"伊豫妈妈也没硬说要带我走，但是姐你想想也知道，妈妈临终时那样嘱托了大家。"

"就因为这样，现在继母才在照顾着，祖母又不是今天就不行了。"都满子又说。富枝已经懒得去争了。

"富枝你的意思是打算做岐阜人了是吧？如果她们给你找个差不多的伴儿，你要吗？"都满子略带嘲讽地看着富枝的脸，富枝反倒觉得可笑。富枝为了让都满子满意一般，说自己不管去哪儿都是一个人，自己的终身大事不会让祖母和继母插手，自己只是去照顾祖母，但都满子却无法理解。昨天晚上还说伊豫什么都不懂的人，今天自己也步其后尘了。

富枝回了自己的起居室，准备收拾一下，将随身物品打包起来。这时短暂的白日已经暗下来，该把半干的干货收进檐下了。富枝进了房间就拨了拨火盆里已经生好的火。

她觉得自己如今境遇里的欲望和自由都隐藏在某种断念的阴影下，连想说的不满都没有。她只是做好了思想准备，在伊豫方便的时候，带上一个手提行李箱，去未曾去过的岐阜见祖母，然后在那里度过离开前的那些年月。过了一会儿，小木曾通报说来了客人。富枝出去了。

格子门外站着一个人，衣领包在白色的围巾里。富枝穿上木屐去外面看了看。来人是染子，她说是从大矶直接过来的。

富枝先让她进自己的房间暖暖冰冷的身子。病后的染子眼窝深陷，眼睛很大。她微笑着在火盆上烤着枯瘦的双手。

"从大矶过来很辛苦吧，没人说什么？"

"妈妈回去了，然后我就悄悄来了，是来接姐姐的。"染子说着又微微笑了。身体还没好竟然这样折腾，富枝也不知该说什么了。

"所以今晚你打算怎么办？"富枝问，染子果断地说要人送她回大矶。

那天伊豫没回来，所以富枝很苦恼是留染子过夜还是送她去赤坂的主宅。染子无论如何都要回大矶，怕留在家里的人担心，可富枝不能让染子一个人回大矶，于是她当天晚上必须去一趟大矶。

"明明约好了，姐姐却总也不来。"染子说出了自己的不满。富枝收拾了一下，带着染子出了门。

在去新桥的人力车上，富枝的手一直凉到手肘，她几次回头看跟在后面的染子。在车站下车的时候，染子似乎并不冷的样子，她卷起外套的袖子，轻声咳着。

车站里人很少，显得非常空，车站的钟看上去格外大。很多"红帽子"聚在候车室的炉子前。

没一会儿两人上了火车。染子紧紧依偎着富枝。

"你不来接，我也会去的。你身体不要紧吗？"富枝尽量柔声说。富枝从染子的袖子里牵她的手时，才发现她冰凉的手没戴手套。富枝用自己的手去暖了一会儿她的手，然后把自己的手套戴在了她手上。染子隔着手套摸自己的手。

车厢里除了她们俩一个人都没有。染子抬起脚坐在座位上。她坐下去时，火车的摇晃让她差点跌倒，富枝伸出右手去扶她，这时染子微微笑了。两人聊了病情是怎么快速康复的，以及她们长时间没有见面之类的事。不过染子沉默的时候居多，这让富枝不解。

她们到大矶的时候，穿着白褂子的护士和从东京主宅跟来的下女已经在车站里等着了。

"刚刚正要给主宅发电报。"下女说。说是今天夫人回京之后马上雇了护士来大矶，护士来看到病人不在，吓了一跳，留在别墅的人都以为染子去了东京主宅。

"您还不宜一个人出远门。"护士出于职责，马上为染子把了脉。染子和富枝还在人力车上。人力车拉得很慢，护士和女佣都用差不多的速度走了回来。大矶的石头、大海和松树，一切都笼罩在黑暗中。

两人在燃着佐仓炭[1]的炉子旁面对面坐下时，装饰架上的座钟指向了八点三十分。富枝很关心染子的身体，问长问短，染子却只说了句"没事"，苍白的脸上露出微笑。

三十

昨夜染子发烧难受，富枝彻夜未眠。富枝觉得这种时候才能深刻体会到护士的不容易。

家里人吵着说要通知主宅，这时护士说不用，也冷静地阻止了他们。说是病才好的人经常会因为剧烈运动而发热，所以不用担心。富枝觉得护士的话听上去非常靠谱，为了表达自己的谢意，她连护士的人格也想夸奖。

今天天气也很好，澄澈蔚蓝的天空仿佛透过紧闭的窗户流进来了一般。一夜没睡，富枝也不觉得困，反而有点兴奋。染子一看不到富枝就要叫她。每次富枝听见唤声后去看她时，染子都会眼神不安地环视病床四周。

"不要回去，我好不容易把你接来。"染子这样请求她。染子这样说了之后，富枝即便有事想起身也忍着陪在床边。

护士也陪在旁边。在白色衣服腰带的映衬下，红色表

1　一种品质上乘的炭，常被用于茶道。

带的颜色显得很鲜艳。护士卷起筒袖，露出粗手臂，麻利地活动着。染子说自己要起来，护士坚决反对，没有顺着她的心意，染子对护士露出不快的神色，连护士也感到不忍。

到了中午，温暖的阳光洒满房子一面墙的时候，护士对染子说，可以在院子里散步了。富枝带着染子在院子里走动。染子的烧全退了。

染子一边走一边说，想她们俩单独去个什么地方，自己为什么会有别墅呢。

"真希望自己是自由之身，这样不论姐姐去哪里，我也可以去。"

富枝听了后对她说，像你这样有病在身的人，要是生在一个不富裕的家庭，人生一定是悲剧，你不要怨恨现在的身份。

"即便生在不富裕的家庭，姐姐也会陪着我。我什么都不要，只想要姐姐。"

"姐姐不是给你了吗？"富枝笑了。染子很开心的样子。染子这样和富枝在一起的时候也还是想她。

"我想变成姐姐的头发。"染子一边说一边看着富枝在阳光下闪闪发光的蓬松头发。

"你要是成了我的头发，我应该每天都会头疼吧。"

"为什么啊？"染子露出意外的表情。

"因为你一定会拉着我说，我们一起去这里，一起去那里。"

染子哈哈大笑起来。她绽放的笑容令富枝欣慰。

那天傍晚，夫人同染子的哥哥一起来看望染子。

"你不是昨天刚回去吗？"妈妈的到来让染子不满。夫人听护士说了染子的情况，知道了她昨天出了门。当她得知染子是特意去东京接富枝的时候，对着富枝有些过意不去地说："她真是个怪人啊。"她又教训染子道："就算你身体不要紧，我们哪知道你有什么事。"

染子的哥哥让母亲晚饭做西餐。吃完后，他又马上坐火车回了东京。

夫人今晚的目光格外关注富枝，她仿佛想知道染子为什么这么倾慕富枝。富枝注意到之后觉得不舒服。

富枝通过夫人的话，今晚第一次听说了染子有未婚夫的事，据说那个人现在去了德国，不过夫人还是亲密地说，打算明年他一回国就让他们马上结婚。

"生病真是让人没辙。"夫人语气低沉地说。

富枝受到了所谓的客人待遇，被郑重地安排到最里面的房间去睡。

第二天早上，富枝见到染子的时候，染子眼睛肿着，好像是哭着入睡的。富枝起得早些，打算今天回东京。她正收着东西的时候，染子起来了，马上来了富枝昨晚睡的房间。

在六张榻榻米大小的房间一角，富枝把被子叠得整整齐齐，堆放在那里。房间的窗外是大片的地，可以看到地那一边的松树林。今早的雨像给松树林罩上了条纹布一样，松树在雨中忽隐忽现。房间自然也很暗。富枝的头发已经盘好了，借用的和服脱下来刚刚叠好。

染子看到富枝郑重的样子，在房里没动。富枝担心染子冷，把窗户关上了。

"身体怎么样了，昨晚没事吧？"富枝这样跟她说话的时候，染子掉下了眼泪。富枝也不说话了。

过了一会儿，听到夫人叫染子，富枝拉着染子的手准备出去。染子靠着墙哭了起来。

她哭也是憋着声音哭，只偶尔发出"呜、呜"的抽泣声，富枝觉得很心疼。下女来房间接她们了，染子擦着眼泪，由富枝牵着去了妈妈那里。

富枝礼貌地问了早安，夫人却看着染子哭过的脸。

"让客人吃饭吧。"夫人温柔地对染子说，染子却没回话。

染子对着饭菜没举筷子。夫人想方设法讨她欢心。

外面下着雨，天色很暗。富枝打算回去了。

"眼下她病成这样，也没法好好招待你，等她完全康复了再请你好好来玩。"夫人说，她似乎很高兴富枝要回去。

富枝清楚地看出夫人脸上藏着不快的神色。

富枝要回去的时候，不见染子，家里人到处找她。于是富枝只好出来到玄关等她。很快下女来说："她在那边房间里。"

"她在做什么？"夫人问道，回说好像正靠着叠好的棉衣被哭。富枝想起自己昨夜睡的昏暗的房间，觉得很不舍。夫人马上去看了，很快她又一个人回来说："她好像觉得这样有些失礼。"人力车送走了富枝。

人力车绕着主宅从松树林旁经过，富枝在车上能看到别邸内的地，能看到自己睡过的房间白色的窗户；转眼间车篷就落下来挡住了视线，让她只能看见前方宽阔的人行道。

东京也是雨天。富枝坐人力车回了麻布。

都满子笑富枝说："刚说了要去岐阜，就去了大矶后不回来，真是慢性子。"伊豫也从山尾那边回来了。姐夫说富枝去那边要看的书都替她准备好了。

富枝心里郁闷。她见到伊豫后说，明天去岐阜吧。绿紫说短时间内可能没有机会见富枝了，所以大家一起去哪里吃个饭吧，富枝却不想去。

姐夫夫妇带着伊豫出门去了哪里。雨小了，但还在下。

富枝给染子写了封信。

自己暂时去岐阜照顾祖母。连在东京和大矶都很难见面，这次应该很长时间都没机会见面了。那些尽心尽力服侍你的人，要好好听他们的话，不早日好起来让人安心，你就对不起太多人了。我即使离开你也还是会挂念你的健康。大致是这样的意思。写完眼泪落到了信封上。

富枝又把学生时代染子寄来的信都集中到一起。紫、白、蓝，各色各样的信笺上，每一封都用不同的字体写着"想念"二字。富枝看了一会儿。

富枝把集中起来的信收到拼花工艺盒子里，用锁锁上。把刚刚那封信放到盒子上，久久地陷入沉思。

小木曾问要不要上茶。富枝想要买点什么给小木曾，感谢她平时的照顾。富枝来到客室，闲话之间，心情好了起来，于是她撑着伞出去买东西了。

富枝打算送点布给小木曾，就进了银座的小衣料店。

富枝要了一匹铭仙绸和半匹紫都子穿的绉纱外衣布，用包袱皮包好出了店。她又想起贵枝说过想要跳舞的扇子，于是坐电车去榛原给贵枝买了，想着之后让谁拿给贵枝。

富枝煞费苦心想着有没有什么东西能哄祖母开心，要去乡下的自己倒没什么想要的。说到和服，只要暖和就行了。想着要不要带串好点的念珠去，富枝觉得自己很好笑。终于有了主意，富枝买了两个那种小孩子戴的毛线头巾，因为她想起祖母剃发了；然后就是盐濑总本家[1]的能放得久一点的罐装点心，因为听说上了年纪之后除了食欲之外什么欲望都没有了。

放了点心的行李又大又重。雨虽然及时停了，富枝单手拿着伞还是觉得肩膀有点酸。

没一会儿她到了电车道上，打算从那里坐电车的时候，她遇到了去盘头发回来的千万次。千万次墨蓝扎染的和服衬领非常艳丽，她让富枝一定要去她家。

"有太多要感谢你的地方，也有许多话想和你说，所以你一定要过来。自从上次一别之后就再也没见到你，感觉像是欠了债一样。"她拜托说。富枝婉拒说自己有行李，下次一定去，但却没用。千万次说我来帮你拿行李。富枝心想，让靠脸和姿色吃饭的艺伎去拿行李，有点过意不去。

"而且我有话要对你说。"千万次说着抛了个媚眼。

外套的窄领子在胸前交叠着，长衣摆下露出小巧的木屐护罩；蛇眼纹小伞的伞尖支在了木屐护罩上，双手交叉搭在伞柄上，千万次的样子定格在富枝眼里。富枝说了随时都可以见面，就和她告别了。

"我有事想说给你听。"千万次这样说，可能是和田里

---

1 日式点心老铺，有六百多年历史。

恋爱的事吧。千万次把富枝当作唯一同情她恋情的人，依赖着富枝。在千万次看来，越是同情悲伤爱情的人，越不是圆滑世故的人。富枝觉得千万次说有话跟她说，这已经足够了。

绿紫夫妇还没回来。富枝把布匹交给小木曾的时候，小木曾跪着鞠了一躬。

第二天富枝和伊豫一起离开了东京。那天早上三轮写来明信片说十二月的某一天要离开日本。特意寄来通知他们的信件只有一张明信片，让富枝觉得非常普通。

富枝看着姐姐站在新桥车站哭的样子，想着这列火车会经过大矶，这时火车发车了。

图书在版编目（CIP）数据

木乃伊的口红／（日）田村俊子著；张玉译．—— 北京：外语教学与研究出版社，2021.9
ISBN 978-7-5213-3065-6

Ⅰ．①木… Ⅱ．①田… ②张… Ⅲ．①短篇小说-小说集-日本-现代 Ⅳ．①I313.45

中国版本图书馆 CIP 数据核字（2021）第 195951 号

出 版 人　徐建忠
项目策划　张　颖
责任编辑　徐晓雨
责任校对　张　畅
装帧设计　汐和 at Compus Studio
出版发行　外语教学与研究出版社
社　　址　北京市西三环北路 19 号（100089）
网　　址　http://www.fltrp.com
印　　刷　紫恒印装有限公司
开　　本　787×1092　1/32
印　　张　9.5
版　　次　2021 年 11 月第 1 版　2021 年 11 月第 1 次印刷
书　　号　ISBN 978-7-5213-3065-6
定　　价　58.00 元

购书咨询：（010）88819926　电子邮箱：club@fltrp.com
外研书店：https://waiyants.tmall.com
凡印刷、装订质量问题，请联系我社印制部
联系电话：（010）61207896　电子邮箱：zhijian@fltrp.com
凡侵权、盗版书籍线索，请联系我社法律事务部
举报电话：（010）88817519　电子邮箱：banquan@fltrp.com
物料号：330650001

记载人类文明
沟通世界文化
www.fltrp.com